JN115384

米寿、そして

目次

第1章

昭和　私の証言

証言

昭和20年8月6日午前8時15分。私は、広島市南千田町私立修道中学校・運動場に近い平屋建て校舎で、セルロイドの下敷きで暑気を払い談笑中、人生のいわば分水嶺、波の尾根に居た。昭和6年6月7日生まれ、14歳の少年を襲った運命の瞬間であった。米軍によって原子爆弾が投下された。私は、奇跡的なのか、一命を取り留めた。

（一）

同級生・小早川隆君、教室に入る。その瞬間、私の真正面、廊下を隔てて前方にタングステンのジリジリしたような光線を認めた。咄嗟に、掛けていた机の下にしゃがみこんだ。気が付くと、周囲に木材が重なり合って自分の周りに折り重なっていた。外に出ようとい

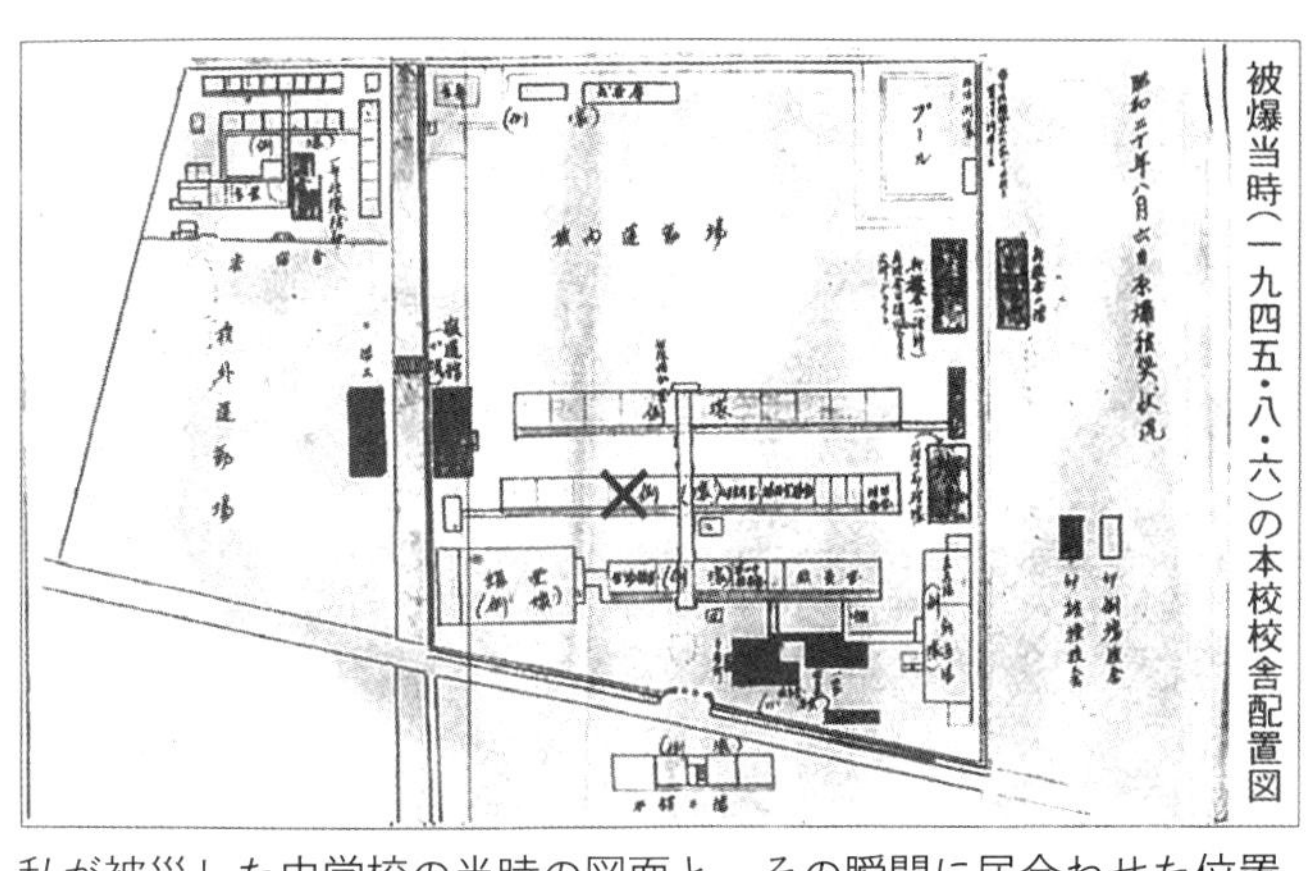

私が被災した中学校の当時の図面と、その瞬間に居合わせた位置

う本能的な衝動を感じた。木材をかいくぐりながら戸外に出た。右の額上から血が出ていた。川本君を憶えているが、他の同級生のことを忘却してしまっている。校舎の北側、つまり市街地が遠方まで見えた。彼方此方で火がたちあがっていた。煙も見えた。学校に直撃弾の投下があったと判断した。血を流しながら、学校に所属していた将校の先生が我々のところに駆けつけた。その後、キリンビールか帝人の廃墟の裏手の海岸に出た。船が1艘ありそれに乗って逃げようとした。誰かが船を漕ぐことができ、沖に向かったが、議論の末引き返し陸に戻った。単身になり、当日、明日にでも郷里の母の下に帰ることのみを思い、防空壕の中で蚊の猛襲を浴びながら眠った。下に敷いてあった、石炭殻のごつごつざらざらの感触が脳裏

御幸橋②

語り継ごう平和を　被爆五十年

昭和20年8月6日の原爆投下後、爆心地の南東2.3キロの地点にある御幸橋には市内から炎に追われて逃げる人が多く集まり、橋のたもとで力尽き絶命する人も多かった。写真は被爆直後の、御幸橋西詰の交番付近の様子。

（御幸橋西詰のモニュメントより撮影）

雑魚場町疎開跡

語り継ごう平和を　被爆五十年

（広島市中区国泰寺町一丁目）

8月6日、建物取り壊し作業中、ここで作業に従事した学徒の約80%が戦災死亡した。この悲しみを石に刻み、惨禍が繰り返されないことを願い石柱が建てられた。この地は修道中学2年生の多くが犠牲となった悲しい土地である。

被爆後、夢中で走った御幸橋周辺の惨状　『流光―語り継ごう平和を　被爆五十年』（修道中学・修道高校記念誌　改訂版2008年発行）

に残っている。

「修道中学校戦災日記（被爆50年、流光）」によると、8月6日夜の宿直が書かれており、学校の当直の教師の氏名と、他に生徒2名と書かれている。確認しようがないが、自分のことではないかと思っている。明けて7日、どこからか耳に入った芸備線運行のうわさは、少年の心に自分が助かった以上、郷里の家族のもとに帰りさえすれば、今自分が帰省さえすれば、万事問題なし、何としても列車に向かわなくてはと急いだ。学校を出て、御幸橋周辺の惨状を書きたくはない。目をつむるようにして突っ走った。橋の上に多くの人が横たえられていた。私はその人たちの身体の上を踏みながら泣いて通った。川の中に、年齢が同じくらいの女子学生が何人も折り重なって浮いていた。死んでいると思った。水を下さいと言う声も橋の上で耳に入ってきた。

広島駅の次の矢賀駅から列車は出ると聞いた。私は今、なぜ黒川さんというお家に寄ることができ、えんどう豆の入った大きな白いニギリご飯をいただいたのか、どうしても思い出すことができない。丸一日以上なにも食べていなかったはずだ。おいしかったという思いを思い起こすこともできない。汽車は鈴なりでたくさんの人が押しかけていた。私は体も小さかったので、どこかの小父さんがひょいと手を持ち車中に窓から提げ入れてくれた。煤煙が真面に降りかかり、石炭のにおいをいまだに折に触れて思い出す。同じようにその日も暑かったと思うが、なにかうきうきした心地よい風を頬に感じていた。母や家族のところにもう5時間辛抱すれば帰れる。故郷東城駅の前には一杯の人が列車から降りる人たちを待ち構えていた。すでに、広島に新型爆弾が投下され、原子爆弾であったという風評は流れていた（註1）。

私の姉が出迎えてくれた。お母さんが、〝清を殺しに行かせた〟と、おかしくなっていると言う。私は、元気な声で、ただ今帰りましたと大声で言った。ただの2日前に郷里から広島に行ったのに、何年ぶりに帰省したかのような感がした。本当に2日間のことだった。

ここで、1週間前に暦を戻させていただきたい。7月30日、広島被災の1週間前、「2年生で田舎出身者は、一度郷里に帰省して来なさい。その後は、授業はなくなり、通年動員になる」と先生に告げられていた。私は勇んで短い夏休暇と思い帰省した。この短い期間、私は何をしていたかまったく記憶がない。1週間後、被爆し多くの友達のように短い命を亡くするかもしれなかった。死の直前の1週間であったかもしれない。

（二）

ここで、私の自分史、いや、私のルーツのようなものを語らせていただきたい。私は、昭和6年6月7日、広島県比婆郡東城町に、父、正樹、母、ハルノの四男として出生した。上に、長男タカシ（敬）、次男マコト（周）、そして、姉、良子があり、私は末っ子であった。

家は地方の町医者である。父の言によると、これは県の歴史にも記載されているが曾祖父の賢斉老人が、はじめて地方に洋学を持ち込んだそうである。東城昔話（県北の今昔中国新聞社、昭和51年）に、そのことが書かれている。明治36年、西洋医学を修めた細川賢斉医師が、水薬を治療に用いたため、それまでの漢方医3人の営業はあがったり。そこに狂歌が生まれ、細川の水が三漢方医を流してしまったと書かれている。そういう次第を後に確認した。

ともあれ、わたしの父は地方の小児科・内科の名医であり人格者として存在していた。父は、岡山医専を経て、広島県立病院に赴任していた時、私の母と結ばれたようである。母は苦しい家計の中で過ごし、当時のことであり、あまり十分な教育を受けていなかったようである。広島という都会から、比婆郡東城町という、いわば地の果てのような所に嫁いだのであるから、余程、父に惚れたのか、それとも、世間知に優れていたのかと思う。ともかく、細川家にきて、言語を絶する立場を克服したようである。これ以上には触れる暇がない。

しかし、その後の母の成長には、息子として誇るべき業績がある。書、その他、家事万般に至るまで、周囲を押さえつける実力を発揮した。もっとも誇るべきは、私の兄2人を広島一中に入学させたことである。なんでもないことのようでもあるが、県北の田舎町から、広島一中に入学することは並大抵のことではなかった。父母の満足は恐らく相当のものであったと思われる。しかし、この私はどうか。末っ子でなんとも仕方なき幼児であった。夜驚症があり、毎夜苦吟し、寝ぼけの中で、夢魔が幻覚を見させたりしていた。ほとんど毎夜続いたことを憶えている。父が、運動療法を用いた。一定の道程を定め、毎日、そのコースを走破することを義務付けた。私は半信半疑実行したようであった。何時とはなしにこの症状は消えた。私はその後町中で一番よく遊ぶ子供となっていた。夕、暗くなり家族が捜し歩くほど路地に居た。

（二）

小学4年時、日本は終(つい)に米・英と戦争状態に突入した。昭和16年12月8日、その日、運動場で大本営発表のラジオ放送があったことを知らされた。日本が偉大な国であるように思えた。

小学校5、6年の頃は、母は両兄と同じく、広島市の中学に入れることを考えていた。当時、公立高校は、地区別に限定されその地方の中学校を受験する仕組みとなっていた。比婆郡東城町は、今の庄原市にある県立格到中学校が受験対象校であった。東城から当時通学する場合、芸備線で2時間近くかかり、母は、同じ下宿生活をするのなら広島市の中学校を考えたようであった。広島市の県立中学は受けられず、あとは、官立の付属中学か、私立の修道中学かを目指すように説諭された。

私立修道中学校は、古い歴史を持ち、明治11年に浅野学校として、明治以前に創立された藩校の伝統を継いで再設立された。わが故郷では、進学するなら広島一中であり、及ばなければ、修道という道が子ども心に浸透していた。もう一つの難関に付属中学校があった。結果的には、付属のほうは落第。修道に入学することになった。

わが中学1年時は、今にして思えば、末っ子でわがままな12歳。母のもとを離れることなど当時ぎりぎりの時まで考えていなかった。母に連れられ中学校寄宿舎で、これから母は東城に帰るから、上級生の言われることを守り、一生懸命やるんだよと言いながら母は背を向けた。母は一緒に寄宿舎には居ないのだとその時気付いた。そんな幼稚な私であった。寄宿舎では6畳くらいの部屋に、5年生の室長さん、その下に3年生の上級生と、賀茂郡八本松出身の森島剛と私の1年坊主が同室となった。

はじめ、夜になると、1年の我々は郷里を思い泣きべそをかいていたのを憶えている。部

当時の中学校の教科書、特に「中学英語」の表紙

屋の蚊帳はあちこちに穴があいており、蚊の通行も自由であった。蚊帳の穴に一番近く寝たのはもちろん1年生である我々であった。蚤にも悩まされた。早朝5時が起床で、誰かが規則違反をすると、全員バッタという処分があり、一列に並び、次第に近づいて来る竹刀の手の甲を打つ音を怯え震えながら聞いた。休暇があるといち早く郷里にいそいだ。帰るとすぐにまた広島に戻らなければならなかった。そういう繰り返しであった。その度に、母は私にギョウセン飴を作った。寄宿舎に持ちかえるいわば兵糧であった。ところがそれが恒例となり、私が寄宿舎に帰る時刻も判明していたから、御幸橋のあたりで、上級生が待ち伏せして

おり、寄宿舎に着いていた時にはすべて母の私のためのギョウセン飴は消え失せていた。

　食べるものも乏しく、昭和19年、すでに日本は傾いていた。主食の米飯はなくなり、もやしとサツマイモが主体であった。大皿に盛った惣菜らしいものをいち早く取り込むのが最大の目標であった。舎監の妹尾万衛門先生が「頂きます」と言うや否や、さっと箸を出す呼吸が必要であった。腹はいつも空いていたから、近隣のレンコン畑で夜間失敬したこともあった。

　2年時、寄宿舎は食糧難などで閉鎖されたように思う。定かではない。私は広島の叔母からの紹介で、東千田町の中村さんという家に下宿することになった。それからは、食べることにおいては格段の相違となった。また次第にその気になって、日本の危機を感じ、かえって落ち着いたように思う。当時の受け持ちの教師は丹生谷先生で思い出も少なくない。アメリカと戦争をしているのだからアメリカのことを勉強すべきだと言い、当時禁じられていた英語に力を入れる先生であった（当時の英語教科書を示す）。アメリカの州の名前を憶えされられたのを思い出す。すでに授業そのものもあまり無く、地方に行き、防空壕を作る手伝いなどに駆り出された。山陽線西高屋あたりに出向いた。

　こうして、昭和20年7月30日、これから始まる通年動員という事態の前に、田舎の出身者には1週間の休暇が与えられた。私は勇躍帰省した。8月4日まで我が家で過ごしたが、この1週間は場合によっては人生最後の1週間になっていたかもしれない。8月5日、私は広島に向かった。原爆投下の前日であった。8月6日、朝から暑い日差しであった。私は早く起き、7時半には下宿を出た。8時前、広島電鉄前を歩いていて、級長であった四竃揚君に会った。今日は市役所の後片付けに2年生は行くことになっている。田舎組の7、8人がそのことを知らないので、一応学校に行き、集まって、そのあと行こうということになった。その時、四亀君も私も、運命の選択をしたことになる。市役所に行ったおよそ150人は爆心地に近く、全員が死亡した。私はそのまま学校に行き一命を繋いだ。

(四)

昭和6年生まれの者の育ちの前後、つまり、昭和初期、その時代は当時の乳幼児にとってはあとで聞かされた歴史である。日本はいかようであったのか。図説「日本の近代一〇〇年史」(河出書房新社、2011)の年表から、自分の意識にある日本の出来事を引き出してみたい。

1931　昭和6　9・18　満州事変始まる
1932　昭和7　5・15　犬養首相、海軍青年将校らに射殺される
1933　昭和8　3・27　日本、国際連盟脱退を通告
1936　昭和11　11・25　日独防共協定、ベルリンで調印
1937　昭和12　7・7　日中戦争始まる（盧溝橋事件）
8・24　国民精神総動員実施要綱を決定
1938　昭和13　11・3　近衛首相、東亜新秩序建設を声明
1939　昭和14　5・12　ノモンハン事件
9・1　第二次世界大戦始まる、ドイツ軍ポーランドへ進撃
1940　昭和15　9・27　日独伊三国同盟調印
10・12　大政翼賛会発足
1941　昭和16　10・18　東条内閣成立
12・1　対米英蘭開戦を決定

1942 昭和17

12・8 太平洋戦争始まる、真珠湾奇襲攻撃

4・18 米軍機、日本初空襲

6・5 ミッドウエー海戦

1944 昭和19

7・7 サイパン島守備隊全滅

7・18 東条内閣総辞職

10・25 神風特攻隊、初めて米艦に突撃

1945 昭和20

3・9 東京大空襲

4・1 米軍、沖縄本島に上陸

5・7 ドイツ軍、無条件降伏

7・26 ポツダム宣言発表

8・6 広島に原爆投下

8・9 長崎に原爆投下

8・15 天皇、戦争終結の詔書を放送

9・2 米艦ミズーリーで降伏文書調印式

9・27 天皇、マッカーサーを訪問

1946　昭和21　1・1　天皇、神格化否定の詔書（人間宣言）
　　　　　　　11・3　日本国憲法公布
1949　昭和24　4・25　一ドル、三六〇円の単一為替レート実施

（五）

天皇の「堪エ難キヲ堪エ……」の放送は、中国山地の田舎町東城ではよく電波が届かず、雑音が入り、ほとんど聞き取れなかったのを記憶している。母の下に無事帰省してから1週間、私は原爆被災を忘れ、食べるだけ食べ、午後一杯、暮れるまで川に浸かっていた。広島生活を忘れ、日本が降伏するかもしれないなどと考えもせず、できかけのクロールを憶え夢中で泳いだ。なにかうきうきしていたようにも思われる。子供のことであり、開放感を憶えたという言葉は当たらないかもしれないが、もう終わったというか、あの耐乏生活は無いという思いに近いと記憶している。何時、広島にまた行くのか、どこに下宿するのか、いつまでも決まらないほうが良いとひそかに思った。

玉音放送といわれた天皇の声は、その後何度も折に触れて耳にしてきたが、8月15日に直接聞いたのかどうか記憶がない。跪き、皇居に向かって手をついている兵隊の写真に共感したが、日本国の崩壊が今後いかようになるのか子供の私にはわからなかった。それよりも次第に放射能障害（註2）のいわば風評が次第に山間部まで広がり、我が家の恐怖症に発展した。9月半ばであったろうか、突然高熱に見舞われた。当時まだ母の傍で寝ていたが、母と一緒に、私の頭髪が抜けるようになっていないかどうか、終夜確かめながら眠れなかったことを憶えている。この顛末については、エッセイ、「母の診断」として書き残しているが、ここでもう一度簡単に繰り返させてもらいたい。

原爆の後遺障害として、高熱を伴い、頭髪が抜け落ちることが流布されていた。しかも、被爆して1カ月後頃、出現してくるということであったから、潜伏期としても一致していた。当時の父は、内科医として名医といわれ母の信頼もあつかったが、この時の息子の病態には、無言であった。母に何度も尋ねられながら、母にその無力をなじられたかどうか記憶がない。しかし、父の日頃の町の評価が、いかに、他愛ないものであったかを母は枕の傍で独語した。白血球減少もすでに報告されていたが、これは検査を受けるまで不明であり、不気味であった（註2）。頭髪のほうは明確に見えることであり、母との共同作業が終夜行われた。高熱に襲われた私を呆然と見つめ、もういくばくの命もないわが子である。そして、時間的にはどれくらい経過したであろうか。暗い蚊帳の中で、バタバタ、扇子をヒステリックに動かしていた母の顔に、なにかある決心が浮かんだのを今も思い出すことができる。それは、劇的な治療法であった。どうせ死ぬのなら一度試させてくれという母の父への懇願であった。実は、私が前日近所からもらったブドウを多量に食っていて、便秘を引き起こしているのではないか、その糞詰まりによる高熱ではないかという母の診断であった。かくして大量が排泄された。処置が浣腸によるのか、ヒマシ油などによったのかよくわからない。後で、母に尋ねたような気もするが。数日後には、敗戦後の１カ月同様、清流にうつつを抜かす自分に戻っていた。

（六）

秋が近くなって、進駐軍がこの田舎町にやってきた。私はなにか興奮していたように思う。鬼畜米英が今ここ東城という田舎町にやってきた。米兵ではないが、子女に危害を及ぼすかもしれないといううわさもあった。私は、なにか、本能的に外国人の来ることにわくわくしていた自分を思い出す。あの特有の外国人の匂い、それは、異質ではあるが、あこがれのようなものでもあった。豪州兵に何か差し出し、チョコレートや甘い菓子などと交換するものはないかと家中探しまくる者もいた。歓迎していたのである。それはどういう心性であったのか、ここでは問わないことにする。米兵ではなく、豪州兵であったということではない。

（七）

9月から10月になる頃には、復学の必要性が浮かび上がってきた。当然ことであった。広島には原爆後、〝草も生えない〟などと言われ、私が再度修道中学校に戻ることは考えられなかった。9月の末頃であったろうか、焦土の広島に転校のための手続きを行うため出向いた。その時の心中がどのようなものであったか思い起こせない。なお焼跡の整理もはかどっていない広島駅から、宇品線の市電に乗り学校に行った。その時、どのような手続きをしたのかそれも記憶がない。ただ、電車が揺れるたびに、電車の天井に黒くびっしりと留まっていたハエが飛び交い鈍い音を立てていたのを思い出す。一刻も早く家に帰りたいという思いのみであった。一旦、回避した庄原市にある格致中学校に通学するしか当時の情勢での選択肢はなかった。東城から芸備線で1時間半を要した。わが故郷は、今は、広島県庄原市の東城町であるが、この庄原市とは、あらゆる意味で対抗意識が古くからあったように記憶している。さらに、一旦そこを避け、広島の中学に入ったので、なにか少し抵抗があったように思う。

東城という町は、岡山県と広島県の東北部の境界線に位置し、隣は岡山県野馳村である。廃藩置県で広島県になったが、昭和3年、59歳で死去した父の友人、名越源太郎が東城町その他を合わせて、岡山県に編入しようと大芝居を打ったそうである。東城町は比婆郡内で、直税、間税とも首位、営業税も大半を負担していた。しかし、郡制施行後、すべての公的機関は庄原町にあり、知の利を得ない地方民は不幸であるとの信念が底流にあったといわれてきた。岡山県に属すれば、宿願であった中学校も置ける。倉敷―米子を結ぶ新見経由の伯備線が期待される。放置すれば永久に政治的孤児になる。住民の自治意識の覚醒が叫ばれていた。しかし、天下国家の決はそのままでよいということになった。車社会になった現在も東城は地理的不遇にあるといえよう。

私は、東城から北に大きく上って、備後落合を経由し、西城町に下り庄原町に至る芸備線で通学することになった。この地方、すべて備後であることを付記したい。

母は、午前3時に起床し弁当を作った。これを思い出す度に、子供とはいえ、母に対する孝の忘却は許しがたいものであると思う。母の苦労に対して何かありがとうの一言も言った憶えがない。流れのまま、母と行為を共有したのであろう。冬季の朝は厳しかった。がらんとした新見発、5時半頃の東城発の列車に、皆で固まって寒さを避け、わいわいがやがや、庄原に7時過ぎに着く。歩いて学校まで、当時何人であったか、東城からの者で揃って通った。

格致中学校には約2年通った。結構、青春を謳歌し、行き帰りの列車で、女子学生とのすれ違いに一喜一憂の毎日を楽しんでいたように記憶している。

新制高校制度となり、中学5年時を迎え、新しく高校2年時に編入されることになった。母は、広島に再度転校することを考えた。逆らうこともなく、かくして、新修道高校2年時に編入することができた。

（八）

昭和24年の春、広島は大きく変わろうとする機運に満ちていた。あちこちで復興は急速に進んでいた。〝草木も生えない〟といわれていたことが嘘のようであった。広島の叔母たちは芸備線戸坂に疎開していたので原爆の難を逃れ家族全員無事であった。しばらくそこから広島に通学したが、ややあって、西蟹屋町の方に下宿することになった。

何事もなかったように通学が始まり、大学進学が身辺に押し寄せてきた。私はなぜか英語が好きであった。学校の近くに、ダブルデイ先生という英国の婦人があり、そこに会話の勉強に通った。厳しい発音を学んだ。先生は日本人の英語下手は、子音の発音が明確でないからだと言い、徹底的に教えられた。紙数がなくごく簡単に一例を述べる。カタカナ表記にする。「プット・ザ・ペンズ・アンド・ペンスルズ・イン・ゼア・プロパー・プレイシス」という、「ピー」で始まる単語をやや無意味に並べ、ピーに力を置いて、何度もできるだけ早く言わせるという教育方法であった。私は、後々、英語の発音でよく褒められてきた。さらに同年、臆面もなく英語弁論大会に出場し、「グッドモーニング」というタイトルでしゃべっている。厚顔無恥の至りである。閑話休題。

（九）

「日本の近代百年史」その後を引用する。

1948　昭和23　11・12　極東国際軍事裁判、戦犯25被告に有罪判決

1950　昭和25　6・25　朝鮮戦争始まる

8・10　警察予備隊令公布

1951　昭和26　9・8　対日講和条約、日米安全保障条約調印

（十）

新制高校制度となり、新しく修道高校2年に編入された。下宿生活にも慣れ、大学受験

は目の前であった。進路は医学部に当初から決まっていた。当時、母親の言は巧妙なものであったように思う。〃父は地方の名医ではあるが、所詮開業医であり、医師に成っても成らなくてもよいが、どうせ成るのなら、慶応大学か東大だろう〃と言う。〃しかし、現在のお前の学力では到底入学は無理だ〃というものであった。自身、素直に受け止めたが、何か抵抗を感じ始めた。少し飛ばして勉強を始めたが、明けて昭和24年暮れ、高熱を発し、父が急遽広島にやってきた。次兄が広島一中時代、肺結核で死亡していたためもあり、大事を取って私を帰郷させ治療に当たろうとした。診断は胸膜炎、当時、肋膜といっていた。結核性であったと思われる。父は、当時すでに手に入っていたストマイを2～3本打った。真にというべきか、劇的な解熱と恢復を得た。3学期は休学したが、卒業は認められた。しかし、受験はかなわず、家庭で翌年の受験を目指すことにした。

夏前まで、私は生来の遊び好きで、怠け癖があり、終日、世界の文豪長編小説を読んでいた。〃もうそろそろ〃という、またしても母の操縦に神輿を上げたという次第であった。自分流に、代表的な参考書を定め、あれこれ他に目を向けず、その一冊を丸暗記する方法をとった。旺文社の参考書であった。数学、国語、英語は必修で、化学、生物、日本史を選択し受験に臨んだ。昭和26年、東京大学教養学部理科二類に合格した。受験後、東京お茶ノ水駅の前、神田川になるのか、出来の悪かった数学の失敗を悔やみ、橋から身を投げたいような落胆を憶えたことを記憶している。かくして、誇り高き存在とはなったが、わたしの彷徨が始まり、理科の実習をさぼり、演劇・新聞などに凝った（詳細は控える）。3年時の医学部進学には及ばなくなった。郷里との離反寸前、ようやく父母の許可を貰い、内密に取得していた文学部進学のための単位が適い、ドイツ文学科に進んだ。

昭和も進み、30年4月、一応卒業した。なにかなおモラトリアムにあり、人生目標は曖昧模糊であった。映画助監督試験、新聞社、電通などを受験したが、最後に、臨時募集の公務員採用に応じ、文部省に採用となった。しかし、防衛庁に派遣が決まり、4カ月勤務したが、これが、結局、再度、親孝行を果たそうという、踏ん切りとなり、急遽辞職した。郷里に舞い戻り、医学部専門課程を受験しようという必死の覚悟に到達。父、祖父の医学校である岡山大学専門課程に潜り込むことができた。医学部を終えた時、すでに、昭和36年であり、日本は高度成長期に入り、東京オリンピックも近づいていた。

（十一）

精神・神経医学を専攻したのは二つの思惑があった。ひとつは文学部を経由したこと。そして、医学部は経験年数を重視するので、遅く医者になって後塵を浴びるのは嫌だと思ったからである。専門にしたのは「脳波学」となったが、この延長がアメリカへの留学となった。複雑な思いよりも、当時既にわれわれの心には米国への憧憬の念が強かった。留学生活は家族の団結と、文化自体を再思考する最大の出来事となり、生涯を左右するまでに成長していく。自分の意識には、原爆攻撃を行った米国に対して、嫌悪よりも先進国であるという憧れが優先し、多くの友人の死とは別な次元として捉えるまでに変化していた。昭和も進み、38年11月23日、アメリカ大統領ケネディーが射殺された日に、私は妻公子と結婚し、男子二人をさずかっている。妻も広島市の出身で7歳の時、一家は被爆した。特に、妻の父は眼科医で広島日赤病院に、自転車で通勤中被災した。顔面にケロイドを残した。

昭和43年4月、アメリカ・ウイスコンシン州立大学神経科てんかんセンターに留学。2年半にわたり臨床てんかん学を学んだ。これが終生のメインワークとなった。私の同輩アイオワ出身のハロルド・ブッカーは、貧しかった農村出身であり、戦後兵役で日本に来て立川でサンディーと結ばれた。広島で被爆した私と同化してくれた。後々、彼らの金婚式に出席した時、涙を流してわれわれは兄弟という表現をした。

私は、昭和58年4月、新設の香川医科大学精神科教授として赴任した。昭和は進み、初期の昭和は存在しなかった。私の次男は本学の6回生である。長男と彼は、被爆者二世として登録されている。原爆による後遺障害として、戦後20年くらいは、私の白血球数は、いつも、1600～1800を示していたが、特に症状もなく経過し、いつとはなく3000～4000台になった。

（十二）

「昭和　私の証言」は、私の場合、広島被爆とわが家族史ということになる。私の場合、言ってみれば、母と子の彷徨ということになる（註3）。ここに提出したひとりの少年の記録は、被災後、機会あるごとに話すように求められた。しかし、私は、失礼な向きもあるかと思うが、語り部という言葉が嫌いであった。私は助かったが、同級生の2年生は、136名というダントツの死者となった。生き残った者と、14歳でこの世を去ったものとの間には、どのような人生の差異があるのか、私には未だに答えがない。死に直面すれば、人生の長短は、同じかもしれない。永らえてそれで幸せか。ごく傍であの世に旅立った小早川隆は、この私であってもよかった。神がお決めになったでは済まない。私はずっと口を閉ざし、忘れ、自身の虚空といってよい心内に、言葉のないもどかしさと、他がいう深刻さの槍が、抵抗のない空中に消えていくのを感じるのみであった。

アウシュビッツの大虐殺を免れたロベルト・ユンクは、「我々の世代が、全力を尽くして、我々の子供が我々自身のように、ただ偶然によって生き延びるだけではないようにしなくてはならない」と言っている。『灰墟の光――甦えるヒロシマ』は、私のドイツ語の教師であり、若くして亡くなられた原田義人先生が訳出されていることを付記したい。

註1　広島に投下された原子（ウラニウム）爆弾の破壊力は、通常火薬TNT爆弾の約2万トンに相当する。広島に投下された31時間後、アメリカ政府によって正式に原子爆弾であると放送された。

註2　総称「原爆症」の内、白血病の発生は最も恐ろしい後遺障害であった。昭和25年から28年にかけてその発症がピークであったと報告されている。

註3 「母と子は」、当のアメリカにもある。広島に飛来したB29、「エノラ・ゲイ」号は、機長チベッツ大佐の母親の名エノラ・ゲイをつけたもの。原爆自体の暗号は、リトル・ボーイであった。

母の診断

追憶はどこかに甘味があるとは、誰かの言であろうか。確かに、過ぎ去った昔の体験や、思い出を人が語る時、それがどんなに苦い思い出であり、悲嘆にくれたことであろうと、どこかにそれを懐かしんでいるのではないかと感じるものである。これから話すこともその類である。

昭和20年8月6日、私は広島修道中学校2年生の時、原爆に遭遇した。

私の郷里は広島から芸備線に乗って、当時5時間もかかる田舎であった。父はしがない町医者であったが、自分の曾祖父が西洋医学を当地に導入した最初であり、伝統的に医師の家系であることを幼い私に母を通じて吹き込んでいた。当時家族のうち、私一人が広島に出向いていたこともあり、翌7日、鈴なりの黒い列車に半身を乗り出すようにして、多くの人の間にはさまって帰省した。家族は、今までにない感激で私を迎えた。すでに翌日には、「原子爆弾」は巷間に行きわたっていたからである。約1カ月間、広島の下宿生活とは異なり、白い飯をほおばり、好きなものを食べ、毎日数時間も清流で過ごした。ところが、被災の日から約1カ月少々の頃、ひどい高熱に襲われた。当時、私が山河にうつつをぬかしている一方で、放射能障害が加速的に身近なものになり、ラジオや新聞でその恐怖が話題になっていた。その中で、最も無気味なものは、「髪が抜けてくるんじゃ」という症状であった。血液の異常、なかんずく白血病に異常が出てくるということも子供心に不安を抱かせた。しかし、何と言っても、髪が抜けるという事実は、坊主頭の短い毛であっても具体的に引っ張って確かめることができた。そして、「あー、まだ大丈夫じゃ」と思わせる迫力があった。

さて、高熱の襲来を受けた私はさすがにげんなりであった。そのうち原爆症になるかもしれないという恐怖が心をよぎった。

家族もすでにこの高熱を深刻、厳粛に受けとめていた。昨日とはうってかわり、わが家は沈黙と、重苦しい空気に包まれた。それは幼少にして肺結核でこの世を去った次兄についで、はたまた、確実にやってくる早死にの予告であったから。

小児科・内科を標榜する父は、口を重く閉ざして動かなかった。するすべを知らなかったのであろう。母はあからさまには父をなじらなかったが、恐怖と不安から、役に立たない医学を批判し、父の日頃の自信と、町の評価がいかにたわいないものであったかを枕のそばで独語した。

父は当時、T町6000人か8000人の人口のうち、古い町内の多くの家族の面倒をみる町医者であった。母は自分の夫がいかにすぐれた内科医であり、見立ての確かな、正道の学問教育を受けとめた名医であるかを、幼い私に機会があるごとに話した。その父はしかし、まったく商法にかなわぬ人柄であったように思われる。「先生、胃がいとうて（痛くて）」と、患者が言おうものなら、「胃が痛いとわかったら、わしは用はない、薬をこうて（買って）飲め、胃がわるいかどうかそう簡単にわかるか」というふうだから、財布を預かる母はそれなりに苦労していたようである。しかし、当時の町内の者のことなら、父はなんでもよく知っていた。下町のTは最近卵を食わんらしい、ジンマシンを出さんようになった。上町のFは、あぶないあぶないといいながらフグを家で料理しようる、いつかは何かやるぞ、橋向こうのSは寝こんどるらしいが、毎年秋にくる分じゃろ。H家の若い衆はダルマ病とみんなはいようる、あれは筋肉のほそる不治の病で、あと3年以内じゃ、よう面倒みてやれと言うてきた。K酒屋の隠居は、どうもほんもののパーキンソンらしい、酒じゃろうと思うとったが。夕食時、父に特別に作られる惣菜にスキを見て箸をすばやく走らせ、「うみゃぁ」(うまい)と肩をすくめる私の上方で、時折かわされる父と母との会話であった。そんな父がまったく手を出せない奇病、それは新しい原爆症であった。高熱に襲われた私を呆然とみつめ、もういくばくの命もないあわれなわが子、どうしてわが家はこうも不運なのであろうと母は言った。そして、時間的にはどのくらい経過したか、定かではないが、暗い蚊張の中で、バタバタ、扇子をヒステリックに動かす母の顔に、突然ある決心が浮かんだのを今もよく思いだすことができる。

それは、劇的な治療法のひらめきであった。どうせ死ぬと思うて、一度下剤を試させてくれ、という母の父への嘆願であった。「清は、まあびっくりするほど、きのうブドウを食うた、ああ食うちゃいけん、ンコには行ったんか」、「いや、いっとらん」。かくして、というわけである。しかし、それが浣腸であったか、普通の下剤を使ったのか、今どうしても思い起こすことができないが、棒状と表現しては間違いか、あるいは水柱といえばよかろうか、恐ろしい勢いですべてが排泄されたのである。ちょうど台風のシーズンであったが、数日のうち、残り少ない夏の清流に、またうつつをぬかす私に戻ることができた。

(MEDICAMENT NEWS「窓」第1368号から)

第2章

金婚式の招待状

―アメリカ・チャールストン紀行―

1

チャールストン空港は、田舎風というか、地方空港の雰囲気で、出発と到着が同じフロアーでだだ広く、あちこちに今日を開始する人々が、三々五々たむろしているような光景で、始まった。手荷物を見つけ、恐らくもうわれわれを待ち受けているはずのハル夫妻を捜すまでもなく、われわれの手荷物に横から手を出すお馴染みのハルの横顔があった。

ハロルド・E・ブッカーは、私が1968年から70年にかけて、アメリカはウィスコンシン・マディソンに学んだときの直接の同僚であり師でもある。話せば長いが、あれから37年、その間、二、三度は会ってはいたが、彼の奥さんサンディーとは、実に久しぶりである。今回、娘のトレーシアから、〝両親の金婚式をしたい、ついては出席してもらいたい〟という手紙を受け取ったのは今春早々であった。〝えー、アメリカまで?〟という女房。暫くはペンディング。忘れてはいなかったが、決断することもなく打ちすぎた。

その間、なにか過去を整理するといえばおおげさだが、公職を去って10年、専門のエピレプトロジー（てんかん学）も遠のき、病院勤務医もやや役立たずの昨今、わが生涯のビッグイベントであったウィスコンシン・ライフの締めくくりに、ハル夫妻の金婚式は、なにか出席しなくてはならない大きな債務でもあるかのように日々重くわたしにおいかぶさってくる。〝よし、行こう〞と決めてからは、なにかわくわくする期待感のほうが強くなってきて、むしろ自分が参加しなくては事は始まらないのではないかというまでになってきた。かくして、ハルからの返信、U. S. Postage に〝Sandy and I are thrilled that you & Kimiko are coming to our party〞の応答となった。

2

われわれの飛行は、成田からアメリカはニューヨークであった。ニュージャージーに１泊後、再度ニューヨークからサウスカロライナはチャールストンに到達したという次第であった。ブッカー夫妻は、戦後日本に兵役として立川にあった時結婚し、今年２００７年が金婚式というから、１９５７年には日本に居て、昭和32年ということになる。彼はインディアナの農家の出身である。１９６８年４月30日に、私はウィスコンシン大学神経科てんかんセンターのフランシス・M・フォースター教授の下に留学し、ここで直接ハルと2年半、家族ぐるみの付き合いとなった。彼は、日本でいう助教授を経て教授に昇進し、後に、ワシントンDCのVA病院に移り、アメリカてんかん学会を主宰してから、ブラクストン・ワナメイカーという若い同僚の開業しているこのチャールストンで、患者の診療を手伝い、4、5年前引退して、余生というか、老後を過ごしているわけである。彼は、抗てんかん薬の生体内動態の研究において、先駆的な仕事をこなした。当時、知られていなかった主要な薬剤の人における体内動態をつぎつぎに追究し、臨床治療に貢献した。なかでも忘れられないのは、当時まだプリミドンの生体内変化についてよく知られていなかったので、我々は、私を含む日本人2人、コーカシアン3人で人体実験をすることになった。私が一番バッターを務め、500mgのプリミドンを服用。詳細は、学術誌エピレプシア(Epilepsia 11、1970)に掲載された。私は服用後まもなくひどい言語に絶する副作用禍に見舞われ、即日大学病院に入院する破目に陥った。すぐに、回復したが、身をもって薬剤体内動態に貢献したことは忘れられないハルとの共同研究であった。

3

さて、われわれと彼ら夫妻を結ぶ線上には、もともとこのアメリカの南部は無関係であったが、今、チャールストンに降り立ち、このいわゆるディープサウスの白く輝く海辺をまぶしく見ていると、なにか、アメリカというわれわれの郷愁と、very Amerika、その際たるこのvery Charlestonこそ金婚式にふさわしい所になるのではないかという思いが湧いて来て、これまで思ってても見なかった感慨に浸ってきた。チャールストンで、今はじめてなにかアメリカを感じるようになった私は、若かった頃のウィスコンシンの2年半、あちこちにでかけ、アメリカのちゃちなモニュメントを見る度に、短い歴史だからこんなものまで誇示するのかと、無視に近い尊大な態度であったことを恥ずかしく思う。ハル夫妻の50年の結婚生活は、アメリカ建国史250年の5分の1にあたる。長い日本の歴史に比較して、彼らの50年は、大きな長さのように思えてくる。

1670年、イギリス人が初めて、この低地で入り江の混みいった島嶼にやってきた。チャールストンは長靴型の半島である。ホワイトポイントといわれている。沼地が多く、海辺のあちこちに牡蠣の貝殻が重なって白く見えたからであろう。それから約200年後、1861年、ここチャールストンで、南北戦争の火蓋がきられた。チャールストンの田舎町はディープサウスを感得するに十分な雰囲気とあちこちに記念碑が残されている。ハルの案内で、チャールストンのダウンタウン、奴隷制度の残渣などを見て、今まで、アメリカを知らず、アメリカを感じてこなかった自分を訝るような、そして自責の念がよぎる。チャールストンは白く輝く南国であり、これがアメリカなんだという再評価と親近感を覚える。メリオンというヨーロッパ風の伝統を十分に持っているホテルに落ち着く。窓外は、光がまぶしく、街路樹のサルスベリがあちこちにピンクや白の小花を房状につけ、今盛夏であった。明日、2007年、6月14日、彼らの金婚式である。

4

日本では、こうした金婚式を特別に行う場合、まず場所を設定し、どういう範囲に招待状を出すか、招かれたものはお祝いをそれぞれ準備し、会になると、結婚式よろしく、夫妻の入場、司会者のあいさつ、乾杯、来賓の賛辞、夫妻の50年来のエピソードの披露、などと会は進行するはずである。アメリカでは、日常、医者仲間などの場合、なにかあると、しょっちゅう自宅に人を招いてわいわいやり、午前様はおろか、翌日朝まで延々とパーティが続く。日常茶飯事である。したがってというべきか、今回の金婚式は、日本に届いた案内では、“June 17th at 4p.m. Poolside sushi at their home”という案内が書かれていた。当日、我々は足の都合で、ハルの迎えがあり、いち早く到着していた。午後に入ると、親戚筋の身内の方たちに始まり、ハルの迎えがあり、4時を待つまでもなく、三々五々、客の顔が見えはじめ、いつとはなしに会は始まっていた。ハル夫妻は、正確に言うと、チャールストンからクーパー河にかかるブリッジを越えて、マウント・プレザントに居を構えていた。初めてだと容易に近づけない曲がりくねった森の中にある。アメリカではおなじみのごく普通の落ち着いた閑静な住宅である。ご多聞にもれず、プールがあり、プールサイドが宴会場となるところであるが、今、チャールストンは真夏であり、しかも、相当の湿度である。戸外では無理である。プールサイドといってもむんむんしている。かくするうちに、料理人がやってきたという次第。聞くところによると、この辺一番のスシ料理と評判の高い店から、これまた、アメリカ一とかいう、韓国出身のスシをにぎる婦人が、調理器具一切を持って入ってきて、その技を、来客の前で披露しながら会を進めるという趣向になっていたのである。アメリカでは、今や、スシは全国津々浦々にいたるまで、外食はおろか、日常の家庭内においてもごく普通のメニューになっている。しかも、スシはデコレーション・ケーキのような装いである。今回アメリカに到着したニュージャージーでも、ホテルの近所の日本料理店の看板に〝コメガシ〟とあり、日本語で、「米菓子」と書かれていた。オードブルをはじめ、デザート化していて、文字通りお菓子の装いである。ハルの家でにぎられたスシを撮った写真をお見せしたいが、まことにカラフルである。皆さん、10貫どころか、15～20貫は、ぺろりである。会はスシの賛美を輪にして、夫妻への祝いの掛け声が飛び交う。

5

宴というか、勝手な会話の輪というか、そのなかにあって、なにか私たちはやや感傷的な気分になっていた。十分に表現しにくい金婚にたいする現実的な思いもある。おたがいによくぞここまで辛抱してきたものだというような、半ばひやかしのジョークは慎んでいたが、ハルとサンディーは、生まれ変わっても、もう一度お互いに結婚するような仲であるような気もしていた。彼らには実子はない。招待状をくれた娘のトレーシア、その弟のスチュワートも孤児の養子縁組で育てた子供たちである。それぞれ、実の親のようによく似ている。彼らは自然に振る舞いながら、深く両親を思い気をつかっているのが感得される。西日はなお高い。サマータイムの夏はいつまでも明るく、プールサイドに反射する青い水はいつまでも輝いている。どういうふうにホテルに帰ろうかという思いが大きくなってくる。明日は、空港までどうするのかというようなハルの言葉はなかった。二度別れをするのは私も避けたかった。2人の子供に、両親をいつまでもよくみてあげなさいと、適当かどうかわからないまま、"Be good to Hal"を何度か繰り返し、ハルの顔をまともにみることもできなかった。私は、アルコールのためもあり、自分が泣いているのを感じていた。ご近所の婦人が、サンディーに頼まれたらしく、われわれをホテルまで送ってくれた。昨日土曜日に開かれていたファーマーズマーケットは、今閉じられたまま、メリオンホテルの前の広場に人影もない。サマータイムの遅い夕暮れに包まれたサルスベリもすでにその輪郭を失い、青くかすむような靄があたりを包んでいた。

日本に帰国し暫くして、ハルとサンディーから、当日の写真や感謝の書状が届いた。ハルという人は、よほど日本的な心情の持ち主なのであろうか。文面に、インディアナ出身の貧農の息子と、広島で生き延びた息子の長い交流はミステリーであると書いている。ミステリーという単語をどういうように理解しているのであろうか。彼は、私たちが、被爆児であることを知っている。我々も、数年後、金婚式を迎える予定である。お互いに生きていれば、日本にぜひ来てくれるようにと言うべきかどうか、今迷っている。

第3章

米寿の日記帖

―いつまでも天邪鬼でありたいと―

この日記は、誰かが読むのを前提としている。副題に、「いつまでも天邪鬼でありたい」は、言ってみれば、いろいろ言っておきたいわけ。いつまでも、目立ちたがりの老いぼれの手記である。米寿に入るので、記念にこれからの一年を書き留めておきたいのが主眼である。これに加えて、私のキャリアーに基づく文言を随所に入れた。しかし、キャリアー自体は、著者略歴などを纏めて書かないので、どこかこの日記の中から推察してほしい。

もう一つ。若い時、わが師として憧憬の評論家であった加藤周一の『夕陽妄語(せきよう)』(1984)に、この書をもくろむ援軍を得た。そのひとつは、「あらゆる価値に対する懐疑主義」、「妄語は心にうつるよしなしごと」という文言である。当初、「米寿妄語」としたかった。戯言では読んでもらうにはいささか気どりが過ぎると思い普通の日記帖とした。私の意見であり、十分な証拠をもつようなものではない。知識よりは感想、証明できない推論といったことである。意見なしでは、米寿の一年を持ちこたえられないからである。「歳時記」とする思いもあったが、俳句に手を染めていないものには少々厚かましいと思いとどまったが、ここで、発句を志し手を染めてみようという思いも募り、実行しようと思い立っている。

俳句はやらなかったが、自分に向くかどうかよりも、「お茶事」に似た閉鎖的な空間を感じて敬遠してきた。内田百閒を通じて、彼独特の飄飄の境地をしらぬことはなかった。句の世界はこの「句会」に始まることも知ってきた。まあ、日々の感動を底辺にして、88歳米寿の独り言にしたい。

一方は老練とさせていただき、一方は入門であり習作である。何時の頃か、『夏草に汽缶車の車輪来て止る』、尊敬してきた山口誓子句聖をあがめつつ、若干の句作を試みる。

なお、一般に、お祝い事の年齢などは数え年でいう。私の場合、この記録は、満88歳になってからの一年である。数えて88歳になったとき、岡山医師会から、すでにお祝いの銀杯をいただいて飾っている。大同小異、次の卒寿に向かう老人の呟きである。

そして『米寿、そして』という書名にした。

6月7日

まず、この老人の現症を示しておきたい。現症とは、その人の現在の病状である。実は、昨年、やや過労あり、間質性肺炎の疑いで、岡山日赤に入院・加療された。幸い、疾患の重さにもかかわらず、不思議に（？）恢復しこうして米寿日記を書いている。一時は、家族にもお別れとか、親友の岩国のM氏がお別れに来てくれたりして……危なかった。それ故、最初に戻って、まだ通院中なので、「現症」を示すことにする。
氏名　細川清　性別男、88歳　呼吸器科受診中
既往症　14歳時、原爆被災後、白血球数1000～1800に減少。白血球減少症で庄原市にあった日赤病院に2度通院した。以後、中年まで、減少のまま放置、何時の間にか現症記載のような数値になってきた。原爆症であったということができる。
検査結果　白血球6440、赤血球390、ヘモグロビン13・2、ヘマトクリット38・5、血小板16・8、その他、ほぼ正常。CRP0・16、KL—6　408、etc. その他、省略。ともかく一応検査に問題は少なくなっている。問題は胸部CT画像診断である。「報告書」にはこう書かれている。「以前より、間質性肺炎を疑われていた方です。両側肺のすりガラス影があり、BF施行し肺胞出血あり。リンパ球も増大しており、ステロイドで改善傾向です。」このような状態にて、88歳に突入した次第。まだ、解放されておらず、2カ月1回、通院中である。
身長160㎝、体重62・5㎏。
現在の健康法　こうして米寿にあるわけで、〝お元気そうですね、健康法を教えてください〟とよく聞かれる。特に報告するようなことはない。相当の酒飲みで、（父方は酒豪歴あ

り）20歳になるかならないかで、調子づけば5～6合はいけた。酔狂すると母に叱られていた。一昨年、肺炎以降、この嗜癖を絶った。幸い、禁断症状も出ず変わりなし。夜間のいびきは無くなったと女房が証言している。食べ物特になし。朝牛乳２００ccくらい。起床時、ベッドで自己流ストレッチを5分行う。下肢の屈曲・伸展に合わせ、屈折時吸う息5～6秒を合わせ、伸展時15秒吐く息に合わせる。吐く息をできるだけ長くするように、その時々で変更する。両手は上膝の内側に支えるようにして運動姿勢を保護する。もうかれこれ、20～30年になる。体重測定は着替えの時、毎朝実行、これは体重増加に効果的。

水無月（みなづき）は、水の無い月の意ではなく、水が大量に必要で、深山の水が枯れつくすの意らしい。

88th birthday!　実感なし。55歳に近い息子の大声での〝おめでとう〟もなにか、そらぞらしい。いつも祝電をもらっている角田光代（米子）さんからは、今年は〝お声が聴きたい〟と電話あり。我が家では、タイの尾頭付きなども脳裏になし。これでよろしい。

生年月日で思い出すことあり。私の〝6年6月7日〟は、実は、6、6、6、であったらしい。開業医の妻であった母が、聞きかじりの梅毒薬が〝ろくろく〟（6・6）と呼ばれており、これを避けたためらしい。6・6・6のほうがおもしろかったかもと今思う。当時すでに、日本は軍国主義というご神託を掲げ、迷妄と没落への崖っぷちに猛進していた。日本での、オリンピックの中止。私の生まれた年、満州事変。翌年、犬飼首相射殺される。8年、国際連盟脱退。11年、ヒットラーと結託。……etc.

それにしても、6月は雨期。ここ中国地方の梅雨入りは6月中旬だろう。わが誕生日7日あたりが、梅雨入りの期日らしい。思いだす。東城川（当時そう言っていた。高梁川上流、成羽川のこと）が氾濫し、裏町、桜町を飲み込みそうになることがしばしばだった。どういうものか、増水氾濫というのは現地を見たくなるものらしい。いつも、危険だから近づくなと母に叱られていた。最近の水災害での犠牲者のことを思う。現地確認は危険であるが、なにか、濁流の凄まじさには人を惹き付けられるものがあるらしい。

いきなり88歳になるが、目下、「心療内科(※)」開業中。高齢老医だが、赤ひげの気概はない。大体12～16名平均の患者さん。（月）（水）（金）の午前中。火曜日、木曜日が休みなので、ずいぶん助かっている。診療報酬は、毎日やる場合とあまりかわりないことも計算できている。〝くすり、だけ〟という人もいる。問題はあるが、適当な助言を与え、それなりの報酬をいただいている。〝精神療法〟を重視したとしても、薬だけという人と、どれだけの治療効果に差があるのか、実はあまりかわらないのではないか、と思ったりしている。

（※）「心療内科」　昭和39年、九州大学内に最初に掲げられた。簡単に言えば、心の病を心理的に解放しようというわけ。精神科医としては、一言が必要だが、ここではこの注釈だけにしておく。

目下なお運転免許行使中。バック駐車に問題あり。停めて出てみると二つの欠陥がある。車体が斜めになって周囲との違和感著明。駐車囲み線ギリギリで、白線の上に乗っている。

〈臨床様態1〉女性。81歳　介護度申請書より。『最近のことをよく忘れる、記憶に重なりと誤りが多い。繰り返し同じことを言い、心配する。身辺の整理がますますむずかしく、そのまま放置する。日時があいまい、不要なものを買う。冷蔵庫の冷凍庫のほうに、ぎゅうぎゅうに詰め込まれている。』

臨床診断を求められると、認知症とはいえないだろう。生理的範囲の老化としてよい。家族、それも家内だから難しいところ。長谷川式簡易テストでもほとんど問題はない。このような例がほとんどで、自分で相談に来られる場合は、まず認知症と診断はできないことが多い。

最近、この長谷川式、医師にかわって、スタッフが行うことが多くなっている。基本的に注意したいことは、テストを受ける人が、まずこれを行うべく自分の中に施行の意思を持っていることが肝要である。いやいやとか、「なんでやらんといけんの、もうええです、したくありません」などの態度が見えるときには、点数について注釈が必要である。ましてや、本人に鬱病がある場合、本来意欲低下の病気であるから、長谷川式テストの点数は低くなる。認知症の度合いスケールに直ちにはめ込んではいけない。ここからも、この点数は上下することを頭に入れておいてほしい。

〝人の寿命とは、だれかがその人のことを憶えている年数のこと〟。（説明　私の母は90歳であの世に参りましたが、私がいまなお母のことをよく憶えていますので、母は今も生きており、１２１歳になっております。）

６月８日

岡大同門会。秋に開催予定の私が会長を務める「日本精神医学史学会」の宣伝をしてはどうかと、寺田助教授が言うので、提出している演題発表の後にやることにし出かける。すこし、テンションが上がり過ぎ、大声になって上ずった感じになった。まあこれも自分らしいことかも。声高に宣伝しておいた。

今日の同門会の演題は、「今なぜてんかんなのか」とした。精神医学に載っていた東大病院の谷口豪とかいう精神科医のＮＣＳＥ(※)のまとめが気に入っていたので、それへの讃辞と、「言いたいことを」挟んだもの。最近、老人の急性脳症にまで、「非痙攣性発作重責（ＮＣＳＥ）」が用いられており、果たして〝Epilepsy〟(※)のＥがてんかんであることを認識して診断名にしているのか、首をかしげたくなる無神経を正すものにしたかった。

（※）ＮＣＳＥ：てんかんの病態のひとつ。
（※）Epilepsy：てんかんの英語名。国際的にはこの用語が用いられている。

我が家は、地形上、市内のほぼ中心（？）にある。操山の南側、東は福泊、南は港湾大橋を望む高台にある。昭和50年（１９７５）に、仏心寺の分譲地に、小さな山小屋を建てた。安月給にローンを組み、35坪程度のチャチなものだが、〝山小屋風〟にこだわった。以来、２人の息子も50歳代になり、家内と45年、ここに住んでいる。

我が家の台所から東南方向を見ると、高圧線が操陽南山の方向に大きく伸びている。ここに、夕刻、カラスの大群が集まり、暮れる寸前、群れを成して北の方角に向かう。雄大というか、大部隊というか、大移動が見られる。２００~３００羽は数えられる。ほとんど毎夕である。個々の行動と群れの規律があるようで興味深い。

〈鉄塔に烏集いけり夏の夕〉

（俳句はこれを試みたことなし。『歳時記』寄稿中であり、かつ山口誓子句聖を尊敬してきたので、このわが記念すべき米寿に「俳句」を試みたいわけである。）

6月23日

昭和20年、戦争末期となっており、沖縄では、なんと20万人の人が命を落とした。悲痛な子供の顔が無残に映る。まあやりきれない現場に言葉もない。

6月25日

梅雨入りをめぐってあれこれうるさい。気象予報士がまるで占いまがいに予報する。もともと、農耕民族の明日の天気は生存にかかわる大問題であった。指の先を濡らして風向きを窺ったり、夕焼けを遠くに見てあすの出漁を決める、そういう背景を持った梅雨入り情報である。今は違う。気象庁は、梅雨入り宣言を義務付けられているのだろう。予報士は右に倣えということになる。のちの修正が必要でなければまあそれで済む。梅雨の中休み、梅雨の晴れ間など、苦しい。無用の訂正が繰り返される。天気予報が科学的に可能な今、〝梅雨入り〟など、無用の情報だろう。単純に、前線の停滞、北上、南下と言えば済む。9月になれば、秋雨前線が登場する。日本は、四季の国である。梅雨は季語として詩的な表現であるから、もとより廃語にしたくはない。季節の表現には欠かせない。

〈予報士は決めたかりしか梅雨入りを〉

6月29日

岡山がB29による焼夷弾空襲を受けた日。この時、まだ広島は残っていた。7月末、丁度短い1週間の休暇ということで、郷里東城に帰省し、郷里に向かった。お隣のここ岡山が空襲に遭うとかの意識も、今想起できるものは全くなかった。この岡山が、広島より1か月以上前になることには、重大な日程が隠されていたのである。当時もとより知る由もなし。

7月1日

〈臨床様態2〉パニック状態の最中においても、また受診時の対応においても、患者さんの様態が、どの程度切羽詰まったものであるのか、かならずしも容易に鑑別できるわけではない。長年やってもなかなか難しい。何日か経って、いや後にという方がいいが、あとで、〝ほんとうによくなられたねー〟と、患者さん共々思い直すことがある。あれは、誇張された訴えでは決してなかった、今、この方の普通の状態が目の前にあると思うことが少なくない。

7月4日

アサギマダラのこと　テレビで見たチヨウの話。蝶の変身のわざ。西風の吹く大分の姫島。ここに、アサギマダラなる蝶がいる。この蝶を手に取ると、急に動かなくなる。そのままにし、しばらくすると、またひらひらと飛び立つ。人のてのひらでは死んだふりをしているのか、動かない。この蝶、数千㎞は飛ぶといわれている。浅黄マダラと書かれる。なんともロマンを感じるところである。スナビキソウの群生地にやってくるらしい。

動物の擬死反射に相当する。表情や動作に感じるものは全くない。しかし、生存への意識的な逃避と思われる。逃避はさらなる命の架け橋なのであろう。
「おかしい」という言葉のこと。天気予報を聞いていて、「大災害が起こっても〝おかしく〟ありません」と、アナウンサーがしきりと繰り返す。日本語の〝おかしい〟というのは奥深い。古く、〝いとおかし〟が思い起こされる。

〈老いのメモ〉
おとなしく夜の世界へ行くな、
　老年は、終わろうとする日に向かって
　燃え上がり、わめくべきだ。
　怒れ、怒れ、消えかけた光に
　　　　　　　　　　　　　　ディラン・トマス

7月5日
〝アニミズム〟について

小西甚一、『日本文藝史』の著者。大学受験参考書の名著「古文研究法」で知られている国文学者。『『日本書紀』には、草も木もよくものをいう国だとある。われわれは人と草木が語り合えた。そのように自然と語り合えるアニミズムが日本人の根底にある「俗」の姿」だと。(追記：11月25日)この項の前文(山陽新聞：上記)に、所謂、「俗」と「雅」について書かれている。

日本と西洋の文学の違いに触れ、サイデンステッカーのいう「小説」とは違う世界が日本にはあり、これに欧米の文学理論を入れ、その概念が作られてきた。それに、「俗」、「雅」を入れ論じている。日本人は、「雅」に価値を置き、「俗」を低い価値とした。前者の代表が「古今和歌集」、後者がその典型である「俳諧」であると。民衆に伝わっていくのは、〝笑〟いで、大きな力をもって伝わる。「雅」が「俗」に対抗できなくなると、「雅」は「俗」を吸収するようになるという。

7月6日

俳優の高島忠夫が亡くなった。88歳、老衰とある。この人、忘れがたい思い出がある。多分、昭和26年か、27年である。新聞によると、昭和26年、新東宝スターレットとして映画入りをはたしたとある。実はこの方に、多分、27年以降の2、3年内に、井の頭線池ノ内駅近くの喫茶店で会っている。当時、かれが若手のハンサムなニューフェースであると教えられていた。当時、わたくしは駒場の教養学部に入っていて、下北沢の親戚の家からこの線に乗って通学していた。ご存じ、当時各家にテレビはなく、喫茶店でこれを見るのが貧乏学生だった。はっきり覚えてはいないが、コーヒーとミルクを時間をかけて飲み、注文の間隔をあけ、女の子をいらいらさせながら粘るというのが常習であった。当時の彼も、私とおなじようにやっていたわけである。その後、一躍スターダムにのぼり、子息も偉くなっている。去る6月28日、永眠されたようである。同年配だったかと思うと、感慨今ひとしおである。ご冥福を祈る。

7月8日

大相撲名古屋場所が始まる。今、稀勢の里はいないし気になることもなく見ていられる。以前から思っていたことだが、土俵だまりの行事検査役、今は審査役というらしい。このお役目の〝物言い〟の際の、文言にこだわりあり。〝行事軍配は稀勢の里に上がりましたが〟の、〝～が〟を気にしてきた。〝～が〟と言った以上、次に否定文が来るのが文法だろうと思っていた。だから、稀勢の里が協議の結果軍配通り勝っていた場合、もう一度、〝行司軍配は稀勢の里に上がりましたが、協議の結果、軍配通り稀勢の里の勝ちとなりました〟。これはおかしいと思ってきた。さらに、〝……が、協議しましたが、〟とまた〝〜が〟が入れられマイクがそこから混乱し始め、おかしな日本語となってしまうことが何度もあり気になっていた。日本語は難しい。「語感の辞典」なるものをのぞいてみた。それによると、〝〜が〟は、「逆説的な流れを示唆して使われる」とあり、必ずしも否定文が来るとは書かれていない。例が挙げてある。〈そこまでは確かだ。が、その先が問題なのだ〉が一例。しかし、どうもすっきりしない。

7月9日

参議院選挙。どうでもよい気持ち。与党が勝つだろう。今の野党では、日本はたちいかない。まーそれはそれとして、NHKの受信料反対のために立候補するというのがある。前からあるのだろうが、知らなかった。暇な人が居るもんだと感心する。それはそれとして、最近のNHK放送、とりわけ、BSの〝再〟放送のなんと多いことか。見損ねた人のためのものだと女房は言う。善意の解釈として、NHKに感謝してほしい。再放送というのは、本当にどうなんだろう。番組過剰がある反面、新規の企画が追い付かず、アイデアも予算もなく、それに才もないとしたら、それこそ、受信料をすこし下げてほしいものである。

7月10日

洪水の季節。昨年の真備豪雨災害時、岡山市にもずいぶん降ったらしい。夜間、年寄りにしてはよく眠ったのか雨音を聞いていない。岡山の百間川はよく知られた、旭川氾濫を防ぐために造られた。３５０年も前の造成である。13㎞に及ぶ。旭川が市内に入る前から迂回させ、九蟠という地域の河口に出る。百間川は、内田百閒をすぐに思い出すが、彼が上京したころには、彼が百閒と名乗ってもなんのことかわからなかったであろう。ここで書いている理由は、百間川分岐点上流に造られている藩士津田永忠の造った花崗岩の石積みの巻石というこんもりお椀を伏せたような形をした防波堤である。見事なもので感心する。最近の土木工学博士も感心するらしい。

かたや作家内田百閒のことで最近気になるのが、彼が既に若いころから、俳句をやっていたことであり、かなりの腕であったと思うところがある。六校時代には句会などにも参加し積極的であった。百鬼園俳句帖（百閒集成18）口述の冒頭、〈俳句の可笑し味〉に、芭蕉の例の句、〝古池や蛙飛び込む水の音〟を痛烈に揶揄している。この句を見ていると少しおかしくなるという。古池の実態とは異なるというのである。その古池に蛙が飛び込んで、静寂を破る水音を立てた。これは幽玄の黙示であるといわれ絶賛されてきたのだが、どう考えても可笑しくなって笑ってしまうという。さらに、〝荒海や佐渡に横たふ天の川〟も可笑しくてたまらないと。いろいろに考えてみたが、壮大という感じは勿論受けるが、暗い荒海の上に天の川が光っているというのは、滑稽な景色であると喝破している。自分でも、可笑しくて笑ってしまう名句と言ったが、考え直してみると、可笑しくはないような気もすると書き添えている。百閒独特の諧謔であるが、独自の卓見を持ち、たやすくは動じない気性が生き生きしている口述である。

7月11日

梅雨らしい雨　広島カープが、昨晩負けてこれで11連敗。ワースト記録とある。あきれてものが言えない。思うに、精神医学的にいうと、こんな状態は、一種の〝集団ヒステリー〟(※)に相当する。集団の全体が一種の混迷状態に突入している。サポーターも患者の家族集団となって、〝感応〟され、個々の自我が希薄になっているとみる。従って、各個の意思がウツロになっていて、右に倣えで常同化してしまう。自分がいまなにをやっているのかがわからなくなる。どういう治療法があるだろうか。うつ病対策のように、休養しかないかな。ちょうど、オールスターになるようだ。環境を変えることになってよいかもしれない。

（※）「ヒステリー」は現在は「解離性障害」。少々侮蔑的用語として使用されなくなった。

7月12日

アマゾンから在庫通知のあったヘッセ全集が、2日早く届く。HERMANN HESSE SÄMTLICHE WERKE（ヘルマン・ヘッセ全集・独文）。これで、「論文」ははかどるだろう。12万円出費。まあ仕方なし。購入決定時、杉林君が、私を見て、一瞬「買いますか」と念を入れた顔を思い出した。「はい、買いましょう」。これで、学位論文校了に拍車がかかる。そう思えば、安い（と、思った）。追記：この4～5年、岡山大学大学院に論文博士申請中。人文科学の方で「論文」指導を受けている。

7月13日

岡山弁のこと。新聞のコラムに福山と岡山の関係の深さが書かれていた。当然です。同じ備後です。思いだす。わが中学時代、県単位の学区制で、東城町は広島県で言えば最果て、汽車で5時間もかかった。県立高校は庄原市にできたが、東城の言ってみれば名だたるというか見え族は、むしろ、広島の私学の雄、古い歴史を持つ修道中学を目指した。我が家もそれに便乗したから、私もそうなった。我が家の近所に、一級上の（当時は一歳年長のこと）岸準之助がいて、広島に着いて間もなく、〝トロッキー〟なるあだ名を頂戴した。東城あたりの言葉はほぼ岡山弁に近い。福山も岡山弁に近い。〝デーリャー〟に代表されるようなアクセントである。福山のほうが、なおどきつい。そこでである。岸準之助（すでに死亡）が、この備後弁を叫んだ。トラックに沢山の兵隊が乗っていたのを見て、〝トラッキーにようけえー乗っとらー〟と。以来、彼には、末永い綽名、かのロシア革命のトロッキーが名付けられた次第。

7月14日

「もぎたて！」。視聴時間30分以内に、つぎのような外来日本語（？）が出てきた。

ライン・メール、パーソナル、レベル、ホームページ、エクスプレス、コンテンツ、コーナー、ミリ、アンダーパス、ユーザーテスト、エンジンルーム、ドア、イメージ、サポーター、サーモグラフィ、オープン、アカウント、レーダー、モニタリング、ヘイトスピーチ、エール、

かっていつの頃か覚えていないが、外来語をそのまま受け入れない国は、中国とフランスであると聞いた。日本はその逆で、かなりすさまじい取り込みのように思うがどうだろうか。この日本の現状をどう考えるのか。表記とかその他、学者の言い分を聞きたいが、その前に、メディアはもとより気づいているであろう。

吉備中央町には、インドネシア・ボルネオから飛翔してくる仏法僧を飼育している人たちがいる。子供も加わっている。日本ではここだけと。紺の全身に赤の文様をもっていて、赤道直下の熱帯にふさわしい色調の鳥。瑠璃色といわれるから紫がかった藍色というほうが良い。仏と法と僧、三宝の名を冠している。高い柱塔を建て、カメラを設置して行動観察。大切に飼育状況を町ぐるみで見守っているようである。日本でここだけというのはどうしてであろうか。もともと、日本各地に飛来していたようであるが、山河の変化が次第

に彼らの飛来を困難にする要因となったのであろう。ここで、またどうして岡山はこの吉備中央町に残った島のように飛来地が限られたのであろうかということになる。

（後記　仏法僧は西日本のあちこちに飛来するらしい）

7月16日

〈臨床様態3〉心療内科で見られる様態。一般に、不安・恐怖を呼び起こす要因という背景が感得される。6因子を挙げてみる（出典不明、多少改ざん）。緊張・抑うつ・怒り・活気・疲労・混乱。本人に自覚があるかどうかはわからないのが普通。問診によってこれらの心中を推し量る。受診者がこれらを具体的に語るということはない。この心中無意識の要素から、治療薬の選択、生活指導を行う。興奮が強い場合はより鎮静効果に期待するものを選ぶとか。やや病的（この場合、重度の疾患を頭に入れて、その前ぶれ症状の疑いがある場合）な感じを持つ場合には、それに答えてくれるような薬剤を考慮する。当初の治療薬は、受診者が、当方を受けいれるかどうか、治療を継続できるかのポイントになる。少量をまず投与する。薬とムンテラ(※)（Mundtherapie、独）では、受診者は満足しない。自己流でよいから、専門医らしく、それなりに自信をもって説諭をおこなう。2、3週目には、本人の家族構成、現在の生活状況をしっかり把握しておかなければならない。ここで、〝ムンテラ〟と書いたが、補足しておく。現在、老医でないと使用しないかもしれない。裏話になるが、〝口〟療法、つまり、まあ、口で誤魔化すという意を持った用語で、誠にけしからん隠語であった。

（※）「ムンテラ」は医者の間に膾炙（かいしゃ）する用語で、口先で患者さんを説得する治療法をいう。ややごまかしの意を含む隠語。

7月17日

今年も我が家のまわりに、葛（くず）があちこち伸びてきた。山の上だから仕方ないが、その成長力はたくましい。アベリアの垣根のほうを見ているが、きれいに刈り込んでもらっているのに、これにあちこち絡んで成長している。山際の操山の立木がすっぽり葛に覆われ、天高くこんもり繁盛しているのを見ると、その力を感じやや季節の必然みたいなあきらめのような無力感。このマメ科の多年草つる草が、解熱剤で、しかも秋の七草のひとつということらしい。はびこってあたりまえのことなんだろうか。一時、もう何年も前だが、セイタカアワダチソウとか、黄色の猛烈繁殖の時代を思い出す。これも、葛に負けてしまって消滅したのだろうか。どんよりの梅雨空。各地でローカルの集中豪雨。郷里、高梁川上流に避難命令。新見方面が危ない。成羽川水域はすこし外れて無事らしい。
〈葛覆い花はひそかというべきや〉

7月18日
続、梅雨談義。天気予報を聞くたびに、予報士が脳裏に梅雨前線を多いに気にしながらしゃべっているのがわかる。台風5号発生。中国寄りを東シナ海を北上するらしい。こうなると、梅雨前線なるものが微妙な位置付けを迫られる。要するに、日本列島は雨期にある。梅雨期というのは、はっきりできない年もあり、地域によって大いに異なり、梅雨という季語は俳句に限ったほうが良い。科学的にはそうなる。気象情報には死語に近い。いつ梅雨に入り、いつ梅雨明けか、それにばかり気を取られ、正確に予報をしたと喜んでもあまり意味はない。皆さんは、明日出かけるが傘はいるかどうかと空を見つめる。それへの手伝いでよろしいのではないか。まして長期予報など、お役所行事で不要。
日本では、飼い犬と飼い猫を合わせた数＞子供の数：２０１６年。

約２０００万匹∨１６００万人

７月18日
今朝10時過ぎ、大変なことが起きたようである。京都伏見にアニメの制作会社があるらしい。そこに、30歳過ぎの男が一人、走り込み、運びこんできたガソリンらしきものに火をつけ、３階建てビルが炎上。少なくとも、三十何人の男女が死亡したようである。なぜこのアニメの会社に？
後日譚。犯人も、全身やけどを負っており、なお意識不明の状態らしく、捜査上詳細を報道できないようであるが、どうも犯人には「障がい」があるらしい。捕まった時、〝ぱくりやがった〟などの言辞があり、かって、このアニメ会社に自作を送ったりしていて、会社作品が自分の作からの盗用であるとし、いわば殴り込みを敢行したとみられる。一途な妄想曲解かもしれない。全国的な悲嘆状況である。

７月21日
大相撲名古屋場所終わる。４大関休場は初めてのことらしい。千秋楽揃い踏みの不慣れな四股面白し。思うに、スポーツ界、怪我と出世、大いに関連ありと思う。野球の長嶋、王を思い起こせ！　彼らの怪我休場は憶えなし。怪我をする人はトップにはなれない。大相撲幕内の遠藤はふてぶてしいが、相撲は要領よく、粘り負けをせず、倒れそうになると無理な倒れ方をしない。かって、大けがをし復帰に時間がかかったから。貴景勝は、身長がなく、押し一転バリの極度の筋緊張の中にあり、おそらく何か音がするほどの筋断裂をきたしたと思う。これから、いつもドキドキの相撲となる。これで、出世は絶たれるか……。
相撲界について一言。内館さんに聞きたいが、テレビで堂々と公開されている〝付け人〟について。上のほうになると、テレビ公開の花道で、この付け人が待機している兄弟子の背中を交代で拭っているさま。これは映さないほうがよろしいのではないか。他にも多々あるだろうが、古式がいま徒弟制度とか、前近代的とか、無給者のスポーツ問題などをワイワイやっている時だから気になる。鶴竜優勝。白鵬弱体の兆し。

7月23日
梅雨明けとみる。蒸し暑い朝5時。仕事がないと朝起きは素早く進む。このところ、体重61kg台を維持している。思い出すが、例のNHK「ためしてガッテン」で、これまで評価されたものはすくないが、体重増加を防ぐ方法を取り上げた、朝一回の「体重測定」は、Swedenアカデミーの表彰を受けた。いつだったか、そのように記憶している。

梅雨に戻るが、台風5号が朝鮮半島を北上、温帯低気圧に変わって、本州横切りの雨前線をかき消した。予報士が遠慮深げに、今週（水）（木）あたり、西日本は〝梅雨明け〟でしょうかと言っている。7月下旬まで、30度を超える日も少なかったので今夏は涼しいのでという言葉を聞くようになっている。

7月23日

参議院選挙終わる。投票率48・80％。ワーストに近いらしい。集約すれば、与党改選過半数、立民倍近く、国民は減、ということらしい。メディアが気にしているのは、改憲に必要な3分の2を自民単独で取れなかったということ。憲法擁護というと、なにか、インテリ層の守護神めいた妄想になっている。ドイツがいいとはいわないが、あの国では、もう何回も改憲しているらしい。国が生きていくうえでうまく規範を変更しないとやっていけない。島国の神話は妄想に近い。共産党も中国の共産党のように変幻自在の弱者擁護をしないと、マルクス・レーニンも安眠できない。今の野党の繰り返す〝高所得層〟というのは、年収どれくらいの層のことをいっているのだろうか。気になる。わが投票は、石井氏に。公子は棄権。政権は、まだまだ今の野党にはまかせられない。

選挙中のプロ野球。カープが本拠地広島で、巨人に3立てを食らわせ3連勝、恐れ入った。11連敗の時、〝集団ヒステリー〟と書いたが、これを裏書きするハプニング。これを、〝病後のハシャギ〟という。明日はどうなる。軌道は蛇行。尾翼のないジャンボ機。

7月24日

昨日か、中国地方を除いて、九州・四国・近畿など、梅雨明けだそうである。またまた、〝梅雨〟にこだわることになる。この梅雨という気象用語にこだわる官庁様に気象情報が混乱する。わたくしの部屋はもう昨日から晴れ。雨期は終息。中国地方も広い、そして、また狭い。四国は直ぐそば。そしてまた、海をまたいで相違する。天気は、〝うちの家は晴れてたよ〟。まとめて括るのはむずかしい。

7月27日

〝めじろ押し〟のメジロが、小鳥の目白からきているとは、意外に無知であった。ひしめき合って枝にもぐれているさまをいう（山陽新聞：さん太のさん考書：27日）。我が家の周りには目白とおぼしき小鳥がほとんど毎日といってよいがしきりに、声高にさえずっている。なにか、叫んでもいるようで、時にはうるさいほど。鳥獣辞典でこの目白、すこし探ってみたい。国語辞典級の常識らしい。ホトトギスについても見分が必要。けたたましいのはこっちの方であろう。

7月31日

今週秋の「日本精神医学史学会」のこと。大会の趣旨を纏め本部に送る。いつか、新幹線の中で、雑誌「ひととき」（7、2017）にオオサンショウウオの記事があり、保管していたが、これを大会の趣旨のバックに置こうという目論見である。自分にとっては、長年の脳裏介在であった。ご存じ、この山椒魚のうち、オオサンショウウオと呼ばれるのは、西日本に限られ、名古屋あたりを境に、日本列島の成立と関係している。我がふるさと備後東城あたりでは、小さいころからハンザキと呼んで、なじみが深い。何とも言えない不細工な頭で、目がどこにあるか子供心に探っていた。この大きな緩やかな歩みというか泳いでいるのか、いつも見るたびになにか違和感を覚えるとともに、おかしな親しみを持ってきた。

学会にこれを借りようと思ったことに戻る。ご存じこの生き物、両生類の古物である。私は、この両生に〝精神・神経〟の同居を想定してみた。頭でっかちは、精神・神経医学に通じる。両者は同居しながら、時に、分離行動に及ぶ。都合によって、学者に好きなように利用されている。しかし、そろそろ両生生活をやめて、一致した一つとなり人間機能を把握されたいと願わざるを得ない。しかし、どうだろう、この緩やかなせせらぎの遊泳ぶりではおぼつかない。頭でっかちになって、出ように出れない。この後の次第は井伏鱒二の『山椒魚』を読まれたし。その哀歌から出口を探りたいと思う。

8月1日

災害が多いためか、メディアの警報・呼びかけが盛んになっている。その中の言葉に、〝今までに経験したことがないような〟とか、もうひとつは、〝命を守る行動をしてください。〟国語として、おかしいわけではないが、気象庁やお役所の考えた名付けとは思えない。翻訳語のように思われる。どうだろうか。どうもしっくりこない。言葉だけが際立っていて、アナウンサー諸氏の語調に会わないふうが見える。

8月2日

〈臨床様態4〉今回は、〝眠れない〟と言う人について書きたい。この〝眠れない〟と、おっしゃることを、少し掘り下げてみたい。その前に、不眠の原因について、すこしまとめをしておきたい。①発熱時、喘息などの持病、老齢の頻尿、などが身体因②環境が変わる、湿度の高い暑気、旅行③ストレス、生活上の不安、さし迫るイベント④うつ病、統合失調症などの精神科疾患。

今回は少し違った局面を述べたい。もちろん上記のことは重要でしっかり頭に入れておきたい。今回の、眠れない人は、実際に睡眠時間が不足している人のことではない。当方としても、いちいち実際に測定した時間を知っているわけではない。そこは、臨床家の経験実績を尊重してほしい。例えばこうである。〝先生、ぐっすり一度寝てみたい〟、〝3時間も寝ていない〟、〝一睡もできなかったのでしんどい〟、など。繰り返し申される。本人は、嘘の陳述をしているのではない。大真面目である。眠れない人であることに間違いはない。「眠れないという」一人の人間である。これは、上記の分類には入らない人になる。副作用の少ない安全な薬ですと申しても、意外に薬を服用しているとはかぎらない。この薬は、〝強い、弱い、朝ふらつく〟などと報告される。このような方には、かなり力が入る。まず説得は難しい。全身状態をよく調べ、基礎疾患はないことを告げ、まずは安心から始める。もっぱら聴きに徹する。信用をもらい、医師・患者関係を捨て、友人になる。少々寝ていなくても大丈夫を確約する。眠れないことを容認する。〝困るねー、昼間決まった距離を歩いてみようか〟、などを言う。大抵、〝歩いていますよ、いつも〟と切り返される。定期的な談話を通じて仲良しになることが必要。効果ある治療薬はない。まず、〝眠れない〟ことを容認することから始める。道程は長い。

8月5日

（さん太のさん考書：山陽新聞）お菓子の〝チョコレート〟は、明治時代には、「貯古冷糖」と書かれたらしい。当て字の意味を推測しがたいが、吾輩、酒をやめて甘いものをしきりに食べるので、老いの頭を冷や糖分と読めて面白い。

8月6日

広島原爆の日。「語り部」という役割がある。私はその資格を有してきたが、これまでこれを実際にしたことはない。四国で、企画された戦争回顧録（※）に、「私と原爆」は、やや詳しく書いている。あの語り部というのはどうも好かんという気がしてきた。あの時（8時15分）、自分が今そこにいない確率が三つあった。15分遅れて下宿を出て戸外を歩いていた場合。室内に入り、投下爆発の方向に背を向け、座らず、その瞬間に突っ立っていた場合。友人の四竃君に合わず、そのまま市役所作業場に行った場合の三つである。これらだと、まず助かっていない。校舎の下敷きになりながら、私は額に切傷を負ったが、まっしぐらに母の下に帰るんだという思いで、まわりなど見ていなかったし、これですべては終わった。あとは家に帰ればいいという思いであった。翌朝、死に行く女子学生を踏み越えるように鷹野橋を超え、芸備線の矢野駅に向かって走った。

（※）「昭和　私の証言」としてこれを第1章とした。

今から思うと、少年の意識というか、自分中心の思いというか、ある一点に視野は狭窄されていて、全て記憶に限りがある。その朝、東千田町の下宿を7時半には出ていたと思う。電鉄前のあたりで、級長四竃君に会う。この時も、刻々にその瞬間は迫っていた。「今日は市役所の後片付けだから、学校に行っても皆いない。」「どうする？」。「夏休暇をもらった田舎出の者は7名で、市役所集合は知らないから、学校に行くだろう。みんな揃ってから、作業場に行こう」。この時、生死の選択をしている。市役所は投下の真下である。同級生は、150名を超えて亡くなった。まとまった多数の死者はわがクラスのみであった。私は、学校校舎1階の部屋で、セルロイドの下敷きで、子供ながら暑気を払って談笑していた。もとよりたわいない話であったろう。8時15分（その瞬間の時刻はその時にはもちろん知らない）、小早川君が私の向いている方向に入ってきた。その時であった。私は、廊下の向かいに、タングステンのじりじりするような閃光を認め、机の下に瞬時潜るように伏せた。私は、額に裂傷を受けたが助かった。その瞬時入室した小早川君は落ちてきた梁に直撃され死亡した。

〈その未明アトミック・ボム我知らず〉

この『米寿日記』の第1章に、『昭和私の証言Ⅳ』（香川美功社、平成25年）、「母と子の分水嶺」を書き、世に、〃語り部〃なる言葉があるが、これを行った。私はその資格を有すると思うが、戦後すぐに、成長期を通じて、〃鬼畜米英〃は霧散飛翔し、アメリカ留学を志し受け入れられ、奨学金を得て2年6カ月、家族ともどもアメリカ生活を満喫した。そしてさらに、当時からなお親密な関係を維持している真の友ハロルド・ブッカー夫妻の金婚式参加のエッセイを書き、『医事新報』にも載せていただいている。これも、本巻に添え、わが鎮魂のエールとさせていただいた。

全英女子オープンで、なんと岡山出身の20歳の渋野日向子が、優勝した。1977年の樋口久子が全米オープンに勝って以来のことらしい。これまで岡本綾子が何度も挑んで、2位に6度、17勝を残している。男子は勝っていない。樋口優勝時私共はアメリカ留学から帰って、翌年のことだった。当時からニクラウスのファンで、メジャーに勝つということは特別なことのように思ってきた。この子、プロになってわずか2年、なるほどもう2回も国内ツアーで勝っている。とんでもない逸材であろう。羽田空港での記者会見。なかなかの応対。落ち着いたものだった。シンデレラスマイルといわれ、お菓子を食いながらプレイするらしい。

問題は今後。ここで終わっても、全英賞金は7000万ですぞ。勝つということについて、すこし書いておこうと思った。

〈精神医学的考察〉［一つは、自分に勝つこと。もう一つが他人に勝つこと］について。ゴルフの勝敗はパッティング。結論。ある〝意識状態〟に入らないとパットは入らない。この意識状態はトランスといわれるものに近い。トランスは次への移行期を意味するが、無意識の自動人形に近い。その境地をタイガー・ウッズは〝今日は楽しめた〟といった。意識下の行動に近いので、あとでどうしたこうしたかは憶えていないかもしれない。意識してパットをするとまず入らなくなる。この〝トランス〟にはいると、自我のない自動人形が球を打ち穴に吸い込まれる。実力のあった岡本綾子は、いつも優勝を意識して2位だった。ダブルボギーをたたいて出遅れた渋野嬢は、後半意識下に達することができ、入るはずのないロングパットが入ってしまった。特殊の境地に入っていた。あんなに長いパットが意識して打って入るはずがない。この境地に入らないと勝てなくなる。

8月8日

犬猫病院にも心療内科を銘打っているところがあるらしい。雷恐怖症の犬に、抗不安剤をのませ、飼い主がだっこして慰撫を行う。症状はよくなるのであろう。本能的に生きるものの方が、抗不安薬はより効くかもしれない。人の場合、高等感情といったものが邪魔になる。獣医師にこのあたりのことを聞いてみたい。

我が家は、小高い山の上にある。聞くところによると、海抜は30メートルくらいらしい。福泊は、ほとんど海面と同じと聞いている。山の中だから、夏季になると、ムカデが出没してくる。私見では、風呂場に見つけることが多い。10㎝くらいになると、這うときになにか音を感じるほどの不快な姿である。ヤモリには親しみを感じ恐怖はない。ところが、最近このムカデに出会わなくなった。おそらく、下水道の完備にその因があるとみる。ほとんど、下水道などを伝って侵入していたらしい。家内は、このムカデを上手に掃除機に吸い込んでいた。最近、暇になっている。多分、いや確実に、下水道が彼らの侵入経路である。

8月11日

テレビを見る時間が増えている。在宅時間が長いせいでもある。選挙は終わったが、「N国」という政党（?）がある。なんと、NHK批判の党。この人たちと同じ立場ではないが、最近のNHK番組のひどいこと、これはどうか。「再」放送の多いこと。見逃していた人のため?　それはなかろう。われわれ認知症まがいの老人家族では、いつもどこかで見たような気がして、チャンネルを回している昨今。埋め合わせもひどい。民間放送も昼間に再放送しているが、これはちゃんとスポンサーのついた責任ある番組だろう。高度の写実能力のあるカメラの開発や、期待されるオリンピック用、など、首肯されることも多い。が、番組が多すぎる。使命感と人員、能力が及ばないのではないか。受信料について私など、特に言うこともないが、学生などで、見ていたが未払いの者と、なけなしを払っている者との違いはどう決着するのであろうか。もう一つ。NHKのやる「アンケート」。このなかに総理の「人柄」を聴く項目がある。〃人柄〃というと、私どもの世界では、非常にデリケートな領域で、簡単に〃人柄が信用できない〃など、尋ねることには踏み込めない。こんなに、堂々と〃人柄を信用できないから〃という質問項目は、きわめて不適切で、非人間的、不躾な質問項目ではなかろうか。

8月13日

終戦後、各地で、お盆に町を挙げて盆踊りが街のあちこちで行われ、私も子供心に熱中して所作を覚えたりしてわくわくの夕べであったのを思い出す。この盆踊りもいつの間にか下火となり、郷里の町を挙げて行われるようなことはなくなった。最近聞くところによると、日本三大盆踊りがあり、岐阜県郡上(ぐじょう)市八幡町のものをテレビでみた。すごい盛り上がりようである。この郡上にはりっぱなお城が山上に聳え、城自体もなにか特徴をもった立派なふうに見えた。このお盆には全市を挙げて皆さん踊るそうである。これを今書くのは、自分の郷里などに比べどうして今日まで栄え続けているのだろうかという疑問であった。四百年か前に、時の城主が、身分、士農工商の別なく、地方の全町民に踊りを奨励したそうである。これが奏功したのか、現在にまで及んでいるのだから驚きである。地図で見ると、郡上というところは岐阜の中央にあり、もとより山中にある。有名な長良川の上流で、東海北陸道が通っている。この郡上八幡には吉田川が流れ、これに沿う町筋を踊りの列が進むのであろう。この盆踊りが存続する理由は、単純なものではなかろう。それにしても、お盆がくると、つい郷里のことが思い出される。そして、遠い子供の頃のことが。

8月15日

終戦記念日。1945年、14歳。8月7日、広島から逃げるように母の下に帰郷。食べたいだけ食べ、終日、〝上川(かみかわ)〟で泳いでいた。玉音放送は、東城では、ラジオは遠く、また聞く意思もなかったように記憶している。川の上流に向かって淵がある成羽川の上流が我が町の泳ぎ場所だった。

あれから、75年。訳はないが、最近日本生まれの英国人カズオ・イシグロを読んでいる。『浮世の画家』の初めのほうに、戦後の姿の一面が語られている。引用しようか。「……戦地に駆り出されて、名誉の死を遂げさせた者どもは、今どこにいます?昔と同じように、のうのうと暮らしてるじゃありませんか。アメリカ軍に忠義面をみせて、前よりもっと羽振りよく暮らしてる連中だって大勢います。……腹が立つのは、勇敢な若者はばかげた目的のために命を奪われ、ほんものの犯罪人はまだのうのうと生きている。自分の正体を見せることを恐れ、責任を認めることを恐れている……」。

8月16日

今年も、墓参に帰郷しなかった。故郷は遠くなった。墓参りの途次、芸備線東城駅のそばを通る。あの辺で遊んだことがある。汽車、いや機関車を見るためだったような気がする。デコイチなどは芸備線には入ってこず、8620型といったように思う。その後、学生時代は文学青年(?)気取りだったから、山口誓子の俳句集などを小脇にしていた。〝夏草に汽缶車の車輪来て止まる〟は、終生の好きな句となった。不思議に記憶されてきた。むんむんする草いきれと、蒸気を吐いて、きしむ音を立て停車し蒸気を吐く機関車。光景は幼時。山口誓子は青年時代、ドッキングしている。

8月17日

〈臨床様態5〉「診断書」について書いておく。新患が来ると、その表情に、この「診断書」が欲しいらしいが読み取れることがある。診断書が欲しいんだな、と直感する。大抵当たっている。私は、サッサと書いてしまうほうかもしれない。それでも何か一言いいたいとも思うことも多い。病状の重さに直結してもいない。〃薬はいりません〃と言う若者も多い。目的は、仕事場にどうもそぐわない、いやな上司がうるさい、どこかに転職したい、などというものである。おそらく大半は、一応休んで、いずれこの会社は辞めたいと思っている。診断書で休まないと傷病手当金がもらえない。勤め人の常識である。そこで、老医の役目はどうなるのか。受診者に味方するのが普通。慌てて症状を聞いたりする。自律神経失調をきたしているようだくらいは診てとれる。〃通院・加療が必要です〃ではだめですと言われる。〃向後、1カ月の休養が必要。就労困難な状態です〃と書いてほしい。そして、すぐさま、さらに〃向後1カ月……〃となるは必定。もちろん、病状から2、3カ月を要し、次第に回復し、よくなって当時を振り返り、あの時はほんとうに苦しかっただろうと、回復した表情行動から明確に寛解を見て取れる患者さんも多いことは付記しておきたい。

8月18日

「読書メモ」カズオ・イシグロ『忘れられた巨人』より。
記憶は時に変容し自分自身を騙してしまう。

NHKのドイツ語を聞いていて、おもしろい発見に出会った。その前に、ドイツ語の語順は日本語と異なる。そのコツは〝テーカーモーロといって、時を表すものが最初になり、次に時間を表す語句、ついで、様態、そして、場所という語順になる。例えば、「バスで」や、「速く」のような語句は「手段・様態」を表す。「台風のため」のような語句は「原因・理由」を表す。「昨日」、「週末」は時間を表す。これを記憶すると、片言でも、かなり続きのある文言となるわけである。

さて、〝だまし絵〟である。違った二つの見方のできるトリック・アートは、トロンプル

イユ（仏）といわれ、古くギリシャの絵画にある。１９１５年、デンマークの心理学者エドガー・ルビン、「ルビンの壺」で知られている。このルビンの壺を左に示した。内容はゲシュタルト心理学の領域に属することらしい。この絵の背景の黒字をみつめると、前景の白地は壺を表す。一方、背景を白地と見ると、前景に向かい合った二つの横顔が浮かぶ。

ルビンの壺

話の主題には、トピックが背景にあり、場面設定が行われる。その主題についてのコメントは、見る人・聞く人の意識に訴えかけてくる。「前景」で話の主題や場面設定を述べられる。（聞き手にとっての）「新情報」である。前景は、次の文の背景になり、またそれに対して前景があり、新しい情報を相手に伝えていく。（ＮＨＫ「まいにちドイツ語」）。

８月19日
語学メモ

Smart　スマートな（しゃれた）人の意は、米国にはないようである。英国風にはあるかも。それよりも、抜け目ない、すこしずるい、気の利いた、などがアメリカ流。

Cool　涼しいなどは別。最近は、クールジャパン！　日本のアニメ、jポップ、テレビゲームなどのポップカルチャーの総称。〝クールだね〟などと言われれば、まんざらでもないよ！

8月20日

山陽新聞　「昭和天皇戦争反省語れず」、吉田首相反対で削除。新しい資料がみつかったとか。宮内庁初代長官田島道治が記録していたと。天皇は「私はどうしても反省といふ字を入れねばと思ふ」と述べた。軍部暴走がより明らかになる結末よりも、天皇責任論から、退位に至る結果を総理は恐れたと思われる。天皇は、「下剋上」という言葉を使い、当時、自分の意見は封じられていたことを明言している。悔恨の念が詳細に述べられているようである。詳細を見たい。

「読書メモ」カズオ・イシグロ

戦場では、傷を得て倒れ伏す同志が猛烈に水を欲しがるところを見てきた。痛みが倍加するのもかまわず、水欲しさに川や湖の縁まで這っていく人も見てきた。死ぬ間際の者にしかわからぬ重大な秘密でもあるか。（『忘れられた巨人』訳本３９４頁）。(※) ただ、「母さん、今行くから。もうちょっと待って」と地面につぶやきつづけていた。（同：４５０頁）。

(※) 訳本は「ハヤカワepi文庫」。

百歳まで生きたってなんの経験もしない人だっているわよ（ニキ）、『遠い山なみの光』（１２７頁）。

多くの人にとりまして、夕方は一番楽しめる時間なのかもしれません。……では、前向きになって、残された時間を最大限楽しめという忠告にも、真実が含まれているのでしょうか（『日の名残り』（３５１頁）。〝夕方が一番いい時間なんだ〟。

８月21日

台風10号が去って、あと、ずっと曇天。薄曇り、ムシムシが続いている。この気圧配置をくしくも今朝、〝梅雨前線〟の如しと報道している。再度書く。「梅雨前線」は、時代錯誤の用法。普通に、ごく普通に、〃前線〃でよろしいのではないかと思う。梅雨は歳時記季語であり、古くは五月雨・さみだれと呼ばれた。江戸時代より梅雨となった。趣はあるが、科学的にしようとする時には「前線」でよろしいと思うが。

8月25日

「読書メモ」イシグロの『浮世の画家』読了。ちょっとした感想。自分のどこかで、イシグロと村上春樹を比較していた。村上春樹のほうは、しかし、十分読み込んでいないのにあれこれ言うのはどうかと思うが、イシグロには、〃社会とその時代〃ともいうべき思想が浮き出している。これが、ノーベル嘗受賞に影響があるのかも、と思った。社会性とか、グローバルの視点。作家の心性には、縦と横の深みがある。……。イシグロには、横の広りが歴史・社会に向かって伸びる。春樹は、カフカのごとく、自己の内面に向かって深く、縦に展開する。すこし、的外れかもしれない。

8月29日

〈テレビ瞥見〉

Ｇ７各国首脳を見て思う。この人たちすべて、過去先祖はみな侵略者。すでに、影響力喪失の面々。日本例外ではない。

ザルツブルグの軒並み、なかにマクドナルドの店あり。目立つ看板意匠はなく、周囲と同じ色の統一されたカラーのなかに鎮座していた。赤い文字のMcDonald'sなし。

南大西洋のかなたにあるトリスタン・ダ・クーニャ島。地球の果て。短期滞在とひととのふれあいに感激。

〝gifted〟〝異脳〟と訳す。格別の才能。しかし、偏りあり。制限頭脳でもあるらしい。

イギリス新首相　演説のまわりに〝Clown〟のプラカードがあちこちに。クラウンにぴったりの風貌。

イシグロの『わたしたちが孤児だったころ』は、〝租界〟が舞台。上海のことが思い出される。〝租界〟は、もと中国の開港都市で、外国人が警察・行政を管理した一定の地域をいう。この地域が中国の核心。

9月1日

〈臨床様態6〉　疾患には、誘因というか、原因がもとめられる。体調不良だと、何かあったのか、どうしてなど自問したり、家族にも聞いてみる。今回は、成書には書かれていないわたしの感得していることの一つについて書いておく。それは、人生の〝節目〟という事態である。更年期という医学的根拠のあるものではない。厄年に近いが少し違う。その人独自の年齢分水嶺のようなものである。例えば、ある一人が、卒後就職して、過不足なくほぼ20年近く突っ走ったとしよう。この間、健康でそれなりには実績も積み、十分な給与ともいえないが、家庭を維持してきた。そんなある日、些細なことがきっかけで、まるで経験したことのない違和感を覚え、不眠・抑うつ・意欲低下といった不調に陥っていく。こういった事態のことである。女性だと、やはり閉経期、男性だと40過ぎとか定年前の50歳前後に多い。とにかく、健康で、同僚とも折り合いもよくやってきた。真面目で、羽目を外すこともなかった。ここには詳細にできないが、〝節目〟を強調して患者さんに対していく。病態は、うつ病・社会性場面強迫などが多い。婦人では、更年期に多く見られるが、男性と似たような履歴のあるばあいには同じ病態となる。ただ〝節目〟という場合、その病める人に一定の期間の診療をすれば、きっとよくなっていきますよと説得している。ひとつの切り札と解釈されて差し支えない。つまり、節目の事態ですから、なんとか脱出を図りましょうというわけである。

二百十日は、9月1日頃とされる。立春から数えて210日目である。子供のころは、よく台風が来ると教えられていた。元寇の暴風は、この頃だったか。9月初旬というと、蒸し暑い岡山を思う。いつか、尾道だったと思うが、1日に、本屋で立ち読みをしていて、暑さの中、脱水状態になったのを思い出す。大学1年時ころだった。

9月5日

倉安川・百間川施設群、世界灌漑遺産登録

国際灌漑排水委員会（ＩＣＩＤ）という組織があって、世界78カ国が加盟しているそうである。その組織が、4日、世界灌漑施設遺産に、岡山市の「倉安川・百間川」を選んだ。それはそれとして、自分にとって、両方とも想い出深い。百間川は内田百閒、ここでは省略。倉安川は、ここ湊に住むようになって、子供が富山小学校に通うようになり、前に流れている淀んだ汚濁水、時に豪雨で氾濫する。なくてもよいような溝くらいに思ってきた。ところが、誰であったかはよく思い出せないが、「倉安川」は、由緒のある人工河川だと教えてくれた。今回、江戸初期の岡山藩が２２０ヘクタールに及ぶ大規模干拓を可能にしたことが、登録の礎らしい。百間川寄りの水門（県史跡の吉井水門）は、いつかテレビの放映で見たことがある。旭川の出口は平井のほうにあって、傍をよく通る。最近、先人の策に感激することが多い。人の汗による遺跡はなにか心に残る風景である。

9月10日

〈臨床様態7〉 コンプライアンスという言葉は、最近日本語化するほどよく使われている。意味が分かっているのかどうか。辞書には、Compliance:（要求・命令などへの）承諾、応諾、服従、盲従、と書いてある。われわれ医界でも、患者が医師の指示に従っているかどうかを問うときに使用する。服薬のコンプライアンス不良とか言う。患者さんが投与している薬を医師の指示どおり服用していない患者は特にわが心療内科に最も多いのではないかと思われる。初めから副作用のあることを口にし、先にあれこれの起こりそうな症状を口にする。飲む前からなんらかの不都合な作用を口外される。デパス（０・５）２T、朝・夕の服用指示は、まず守られないことが多い。もちろんなかには3錠飲む人も多い。いずれもコンプライアンス不良である。薬の効果を安易に結論づけてはいけない。しかし、効果を見せる薬は勿論ある。評価が固定すると、コンプライアンスもよくなってくる。それにつけても思うことだが、権威ある雑誌に掲載される薬物効果の結果に、厳重な医師・患者間の、このコンプライアンスを裏付ける手順がどのように計られているのか疑問に思うことがある。

9月10日

長年ペンディングだった俳句入門が気になり、最近とみに家内からも刺激され、丸善で、『岸本葉子の「俳句の学び方」』を手に入れてきた。この人、NHK俳句で知られていて、もともとエッセイストである。本人は、俳句を学ぶ姿勢でこの本を書いている。本人の実力の評価はできないが、なんとなく本人の感じもいいし、買ってしまった。一気に読んでしまった。教えられた。多くのことを。その中の思いつく何箇所を書きだしメモにしたい。

・過去のことを現在のことのように描け
・もの言いたげなそぶりはだめ
・諺は時として知識になり、ひけらかすことにもなる
・ものほしげな印象は、×である

・能動態で言えることは能動態で
・深いものに見せようとするな
・奥歯にもののはさまったようなものは×
・動作の主が不明は×
・雰囲気よくまとまったものは、×、危険

私見　〝もののあわれ〟が日本人の背景にある。わび、さび、になるとおのずから敷居が高くなる、と思う。

・季語を比喩には使わない
・季語には質量があるので、念頭に
・「作る」ということであるから、所詮「作」です。自分が感じ、見たことである
・大胆にドラマを作る

〈俳句〉実は、かねがね俳句をやろうと思ってはいた。何時の頃か、偶然、『夏草に汽缶車の車輪来て止まる』が脳裡に衝撃を与え、この印象が強くて、とても自分が俳句をやれるなど思ってもみなかったのである。もっと身近に、身辺をそのまま作ればということも

知ってはいた。論文・エッセイに多忙で手が回らなかったこともある。先に書いた、岸本洋子氏の解説のような優しい指導書をさしおいて、山口誓子句聖の「現代俳句」をかじったのも、かえって句作を困難にした。句会という玄関も容易にノックできなかった。加えて、郷土は、内田百閒の研究をしてきたうえで、彼の句も無視できず、要するに「俳句」は、敷居の高い、奥の間だった。山口誓子がそれまでの花鳥諷詠を脱して、新俳句を打ち立てたと聞いてきた。物の感覚を通して自己を実現するという方法を開いたことになるらしい。「風雅間断なし」という精進の上になされるとのことである。なにか、道遠く、この歳時記に俳句ならぬ愚策を並べてみるが、米寿耄碌の戯言と容赦されたし。

9月13日

今朝、居間の室温、23・8度。昨日は一度もエアコンを入れなかった。35℃前後の猛暑終わるということか。秋が来る。老人には季節の変わり目は要注意。

「覚書×」ヨイトマケの唄、岸壁の母　いずれも母のこと。

「フレーズX」〝品格とは、Mister Stevenson, 公衆の面前で衣服を脱ぎ捨てないことですぞ〟（イシグロの『日の名残り』より）。

「ラジオ語学より」今週は、Schlafen in Japan　今週は「居眠り」がテーマ。日本では、確かに、電車の中、会議中、居眠りをする人が目につく。若い時からそう思っていた。外国と比較したわけではなかったが、なんとなく、日本の現状のように思ってきた。これは、ドイツ人にとっては、ちょっと気になることらしい。この現象は、時間に関係なく見られる。「よほど疲れているんだろう」とみられるらしい。中には、立って眠っている人もある。この日本の「居眠り」は、日本研究者のテーマになっているようで、ブリギット・シュテーガーいう人が研究しているそうである。理由はと検索しても、納得できる答えは出ない。通勤時間が長い、職場のストレスが大きいなどが挙げられている。先日、災害の補償問題で、行政と対峙していた被害者の方が、対座していた役人のひとりが、〝居眠り〟を目の前でしているのを見て、怒り心頭になっている姿を放映した。まことに無神経な吏員でみっともない。

さてこの「居眠り」だが、私なりの考察がある。こういう「居眠り人」は、車内で一定時間、いわば、ある意識状態になれる人と見る。時間消化を急ぐ場合、目を閉じ、何を考えるでもなく、毎日同じ姿勢で目的地まで、時を稼ぐ。その緊張にも似た閉眼は、トランス、〝意識のある夢うつつ〟という境地を会得することになる。次第に、〝眠れる自分〟を発見し、なんなく時を消化しうる人となる。目的地の前には覚醒でき自由自在。会議中もしかりである。適度な緊張は眠気をもたらす。車中の睡眠は、自宅の布団のなかの睡眠と同じではない。今、瞑想の境地や禅の修行を想い起こしている。

9月14日

台風15号は、今までにないタイプの被害を残した。千葉周辺の停電。風雨の〝風〟による猛威。何十万軒におよぶ停電。しかも完全修復は9月末にわたるという。電柱や樹木が電線を寸断した。台風上陸の時は、9月上旬、ことのほかの猛暑だった。エアコンのない室内は思考しがたい。脱水が心配どころではなく、東京のホテルにでも逃走したくなるだろう。今日14日にも、必死の修復が続いている。先日、読んだ『家康、江戸を建てる』は、徳川家康が江戸に幕府を開き、当初、水不足に悩んだ様が主題になっている。家臣に命じ、ともかく〝河川〟の造成が当時の急務だった。当時の文献は、「江戸開けしより以来、聞きも及ばぬ大水、たびたびに及べり。移り変わる世のならひにこそ」と人災観が現れるという〈滴一滴〉(※)。思うに、人の策はまた愚策に終わるということか。歴史はいつも新しい。

（※）山陽新聞コラム

9月15日

カズオ・イシグロの『充たされざる者』the unconsoledを読了。９４０頁の超大作。10日かかった。まあ、退屈でうんざり部分もある。ここまで長くしたのも、名代の超大作に伍したかったのかも。トーマス・マンの「魔の山」もたった3日間のできごとだった。「充たされざる者」も、何日という設定はない。有名になった音楽家、「わたし」が、講演と演奏のためにある街を訪れる。そこで、結局何もできないで終わる。しかし、そこに至る一日かそこらの短い時間に、凝縮された多くの思い出、非現実的設定、既視感、閉所恐怖が露呈されていく。いつまでも終わりそうにない会話、自虐と欺瞞、目的の見えないカフカ的不安が、空間を超えて展開する。大いなるイシグロの構想があるように思われる。それなりに成功している大作のように思う。読後感は悪くない。

「天満屋」の、前田穂南、23歳女子が、東京オリンピック女子マラソンの日本代表になった。ＭＧＣ（マラソングランドチャンピオンシップ）で切符をつかんだ。実況をずっと見ていたが、かぼそい四肢を駆使して、一定のリズムの走行が印象に残った。本番ではどうなるかわからない。地元の百貨店の従業員だそうで、オリンピックでも入賞してほしい。それにしても思う。この女子の四肢の動きの粘り強さをみていると、本当に骨と皮で、その針金かと思うような機械的な動きに感嘆する。42・195kmを走り抜けるエネルギーとはなにか。……思うに、脂肪や肉は、所詮、無為の徒を生かしていく付属品のようなもの……。

9月16日

「敬老の日」。岡山市、同連合婦人会、社会福祉協議会から、第70回敬老会お祝いを頂戴した。貰うのは80歳以上であると家内が言う。最近、この種の餅菓子というか、甘いものを食うようになって、有り難くいただく。ところで、このお祝いは、町内会からと思っていたが、先に書いたように、「市」からだった。思うに、私らの町内会では、移住して来られる人はほぼ無く、次第に超高齢化している。詳しい年齢層はわからないが、ほぼ全員に近い人たちが祝われる対象者になっているようにも思われてくる。祝われる人のみが住んでいる。いつだったかわからないが、ある「医師会」で、会員資格に年齢制限をしてはどうかと、若い人が提案したが、ほぼ全員が、資格を喪失することになるので廃案になったとか。真の話とも思われないが、まあそういう時代である。総務省の統計によると、国勢調査で、80歳以上は、1125万人。90歳以上になると、さすがに減少して231万人になる。ともかく、65歳以上の人口3588万人で、28・4％で、ほぼ3人に1人は、いわゆる高齢者の日本である。お饅頭をいただく人たちのほうが贈る人たちよりも多くなるような日はまさか来ないだろうと思ったりする。

9月17日

「文学流星群」（山陽新聞）　サイデンステッカーは、川端康成のノーベル文学賞を当てにしていたという。イシグロは、半分日本人である。村上春樹がもらえないのを日本中は気にしている。さて、今日の記事で、翻訳上難しいのは語句のあいまいなところらしい。「思う」という単語が取り上げられていて、翻訳のむずかしさがあるらしい。ステッカー氏によると、川端康成には、一つの言葉にいろいろな意味が含まれていて、翻訳が難しいという。その中心が、なんと「思う」という日本語の翻訳らしい。20〜30通りもの英語に移したと。日本語には、「悲しむ（grieve）」の意味もある。異性をほしがるの意もある。『あわれ、あわれ、あわれ』の紫式部。同じ「思う」にも、いろいろの意味がある。サイデンステッカーは、86歳で死去。すばらしい「日本人」だった。「源氏物語」、棚に鎮座しているが、ただ眺めているだけで放置されている。深い翻訳仕事をいつか見ようと思ってはいるが、……。

9月19日
カープ・コイの4連覇消滅。少し前から、ダメとわかっていた。DeNAに、11―8で引導を渡された。7―0をひっくり返される。ソトという外国人に、3ラン、満塁ホームランで、叩き潰される。なんというべきか。まあ、3連覇で十分。『タナキクマル』城の落城が響いていて、誠也君も寂しそう。首位打者だったからいいか。いいことはこの辺で、切り替えよう。

9月20日
東電経営陣、旧社長など、3人無罪と判決あり。高裁前は、涙の憤懣やるかたなしの人たちが放映された。要旨は、刑事罰には該当しないという。「過失」の認定に必要な予見可能性を厳格に判断したということらしい。検察側の主張の中に、原発の運営を支えている国への忖度が底流にあるという。もともと、強制捜査であり、判決は予想されていたものであろう。

「ラジオドイツ語」。和食が主題。Washoku ワショク。日本人の和食が海外で賞味されている。無形文化遺産に登録されている。日本の〝和食〟は、実は、日本人はふつう食べていない、と言うと、外国人は〝え？〟ということになる。主として、ご飯、汁物、魚、野菜、などを食べるのがまあ普通。肉がこれに加わる。しかし、こういうのを〝和食〟とはいわない。「和食」というのは、芸術的な盛り付け、料理とさまざまな季節感の結び付け、そして、〝コクのある味〟の総合が目前に展開するのをいうことになる。先日、〝コクのある〟とは何か、別の番組で取り上げていた。カツオ、昆布などの登場。

9月20日

相撲秋場所後半戦。3敗が並び混戦。横綱と高安、休場中。優勝ラインは、12〜11と低くなった。ＮＨＫアナの早占い連中を興奮させている。解説の北の富士は、相変わらず、そんなことはまだわからんよと。千秋楽まで待つつもりらしい。アナ連中は、初日に優勝者を言ってほしいらしい。私のファンである能町夫人によく相談してみたらよい。

ラグビー・ワールドカップ日本大会が始まり盛り上がっている。つられて面白くなった。ラグビーは陣地取りゲームらしい。パスは前にしてはいけないとか。まだ小生ルール理解不足。それにしても、国威を謳歌するような不純さがない。36カ月、その国に滞在していれば、能力次第でその国に所属できるようである。そのほか、〝ノーサイド〟といういい言葉があるし、なかなか奥深い。ゲーム開始時の国歌が、そう言えば、なにか浮いている。肩を組んでいる選手連中が、どこの国の出身か不明の集団になっていて、国歌斉唱になっていない。それがまた一味違う良さなのか。日本が勝った！という実感がなかった。ロシアが負けたという実感もない。ちなみに、ラグビーは、RUGBYで、イギリス中東部の町の名前。サッカーの試合で、ハンドが煩わしく、両手に抱いて走り始めて憂さを晴らした（？）のが、このラグビーなるものの誕生だとか、昔聞いたことがある（これはのちに訂正することになる）。

9月23日

台風17号、対馬海峡を抜け、今朝、日本海を北上中。温帯低気圧になって、北海道方面に。ここ、朝から、日が差してきた。

最近の台風災害は、地域という広がりをもつ地域性ではなく、帯状、もっと先鋭化した〝線状組織化〟された積乱雲によるものに変化している。竜巻がおそうので、〝我が家〟への予測が難しい。湿舌とかいう言葉も思い出される。巨大積乱雲にもいろいろ術語があるようである。バックビルディング型とか。

〈スポーツ〉地元岡山の渋野日向子、例の「全英オープン」で勝った娘。またやった。デサント東海クラシックで、なんと8打差を逆転。64をマーク。日がたっていないうちにまたやるというのは、実力が本物とも思える。13番で、難しいラフから、上って下りというラインをチッピングバーディだったとか。そこで自説をメモっておく。例のトランス状態に16番で入ったと思われる。意識変容の世界に入って、決めた。その時、逆転を意識し始め、並みの緊張状態に逆戻り。17、18と、バーディーパットは入らず。しかし、ここがまたえらい。勝っている。この特殊状態に入れる人はまた勝てる。

9月26日

「自分は認知症です」と名乗っているのは、ほかならぬ、「長谷川式認知症テスト」の長谷川和夫教授で、あれから2年。今日の心境を伝えている。状態診断可能な対談（朝日新聞）。先生とは昭和60年ころ、学会で同席し、談笑したことを思い出す。当時は、痴呆症（デメンツ、Demenz）といっていたが、氏が、その当時から認知症を特に手掛けられているようではなかった。「私立の大学はねー、いろいろあって、君のような国立の教授はいいよ！」とか言っておられたのを思い出す。最近、氏によると、「朝一番から昼頃までは割とすっきりしている。午後1時を過ぎるとだんだん疲れてきて、晩ご飯の前は最高に認知症っぽい。」と言われている。最近転んで歯が抜けたと。自分のことは、大変よく解析されており、病気の程度はまだ十分に軽度と思われる。生理的範囲の逸脱を考慮するとそう診断可能だろう。90歳ですぞ。「王侯貴族のように大切にしてもらっている」と、近所の有料老人ホームにショートステイされた体験を述懐されている。不可避の死を前にして、神が与えてくれる「恩寵」だと言う。

9月28日

去年の今日、呼吸困難で急遽、日赤に入院する。自分で決めて押しかけた。その前、6月に、同じような咳込みで5〜6日、短期入院した。これがずっと底流していたのか。特発性間質性肺炎ということで、今日までに至っている。

あの日、岩国から、思いかけず三井君が来てくれた時、自分は予後の悪い状態かもしれないと思った。彼が駆け付けてくれたことがそれを告げられたことだと思った。幸い、今日生きている。最近のバイタルはノーマル。気力もレベルは悪くないと思っている。Remission（※）と自己診断。主侍医の塩尻君も、そう言ってくれている。再発は考えないことにしている。

（※）寛解の意。

あれから、酒をやめた。60年のアルコール歴を絶った。以後、一滴も飲んでいない。手指震顫おこらず。プレドニン・パルス療法でムーンフェース、不眠が来た。1カ月の入院で回復。今日にいたっている。

〈山陽新聞〉五木寛之の〝酒〟の話がちょうど出ている。「酒は百薬の長」に始まるが、親鸞の援用が面白い。「酒はこれ忘憂の名あり」といったらしい。憂いを忘れるということだが、自分にとって、断酒以来実感となっているのは、昨日のことの記銘が数段違うということ。飲酒時は、昨日のことが怪しかった。今、記憶力がいいというわけではないが、比較すれば、そういうことになる。酒は、海馬の表面にかろうじてくっついている記憶タンパクを、きっと、流してしまうのだろう。愛用の焼酎、鹿児島屋久島の「三岳」が、そのまま書斎の足下に横たわっている。いつかまた嗜む日もあると思っている。死ぬまで断酒しようとは思っていない。「酒は百薬の長」は、今も座右銘である。

9月27日

気象のこと　地域特有の悪性の風がある。その一つは、岡山県の〝広戸風〟。那岐山辺りの山並みの高低差によって、その合間を縫って吹き降ろす。四国にも、〝やまじ〟風があるとか。四国中央市を襲う風。石鎚山系・剣山系の高山帯の間の低い山並みの間を吹き降ろす。これらは、最近の気象情報をしり目に、以前より、災害予防に知恵を絞ってきているとか。

〈訃報〉身近の人ではない。フランスのシラク元大統領、86歳で死亡。何か臭みのある政治家だったのを記憶しているが、この「米寿」記に記入するのは政治のことではない。思い出す。大の相撲ファンだったこと。大相撲の力士の仕切りに時のあの眼光というか、視線に、日本の美学の結晶を見るという。相撲は、自分にとって、人生の授業だったといっている。愛犬に〝スモウ〟と名付けている。日本文化と、美術など、どの国よりもフランスとの交流の歴史は古い。絵画の世界など、その最たるものである。デカダン、頽廃、センス、など裏面の交流も古い。政治面ではどうも相互の関係は浮薄のようだが、彼は、シラクさんは、なんと40回以上、来日しているそうで、どうもやや個人的な傾向のような突出ぶりといえるのか。

思い出すことのもう一つは、このシラクさんと同年代で、20歳ころ、戦後昭和25年、勇躍、上京したころのこと。フランス映画にのめりこみ、新宿の帝都座といったか、3本立て、30円くらいだったか、1カ月、30本、3日に1回通った。シラク大統領86歳、小生今88歳、同時代人。

9月28日

ビッグニュースというか、ラグビーで、日本が世界2位という上位のアイルランドに19

―12で勝った。主将のコメントで、メンタリティーの差であったというのが、印象に残る。勝負事には番狂わせというのがあって運命的な成功がしばしばおこる。一般の根拠のない予想はどうでもよいが、単純な腕力の差の足し算が勝敗にはつながらないだろう。流れ、運命の先に、人知を超えたなにか神の仕業がある。ラグビーのルールをよく知らないが、結構面白い。サッカーより5分短いのも、見るほうは楽で、あっさり終わるというのがよい。

県立美術館に熊谷守一展示、記念講演会に出かける。この偉大な画伯のことはさておいて、あとでぞっとする身辺の危険を感じた。なんの恐れもなく楽しみに出かける。城下の駐車場に車を停め、美術館方面の階段に向かった。急な小幅の、たしか51段を数えた。美術館にむかう坂道は300～400メートルくらいだろうか、ゆるやかな坂道。息切れを感じていたが、なんのこともなく会場につき、福井淳子氏の講演を、居眠りもせず聴講できた。帰りもすんなりと帰宅したのだが、先ほどの51段か、急な階段を思い出す。あれは危険だった。年寄りの転倒骨折を思うと、ぞっとする。気を付けないといけない。

熊谷守一の印象。画伯の写実的、黒田清輝師匠の影響下にあったような絵から、あの淡彩模様化した画風に変わっていった時期、転機に興味がある。戦後を機にやや突然、画風が変わったように見える。講演の福井淳子さんは、これには触れなかったように思える。しかし、独特な語り調子で雰囲気を出していた。守一画伯が、黒田清輝に学ぶが、光は先生が言うようには見えない、1909年のローソク、自分が感じる光を描くんだといったこと、1959年の「げんげに虻」、あまりにも省略されていて、……絵には音楽がある、1971年、バラ、花を裏面から見る、と解説する。1963年、パリの画商たちは、フランス流だが、守一だけは違うと。私見では、色の調和、生きているものへの共感といったものを感じた。

もう一つ、画伯には、生後離された実母への思慕が強烈であったと。この詳細を知りたい。絵自体には、もう感嘆というか、好きだなーというのみ。なにか、芸術家にありがちな偏骨を感じない。ノーマル。94歳時の言葉、「年をとっていつまでたっても知らないことがでてくるっていうのがおもしろいんです」。

9月30日

消費税、明日から10％になる。長期の定期券などは、6カ月を前もって買うのは合理的。だがしかし、低所得者とかいわれている人に、おまけ付きの商品券か何かを買わせるのはどうか。老人の忠告　買いだめは常に無駄買いが入り込む。2％増は、少し節約気味にやっていればそのうち解消する。メディアが、そのためにまとめ買いがどうの、定期券購入は役立つとか、やかましい。3万円使って600円違う。まあこの程度。国の政策に使ってくださいというのが、我が家の経済。

〈野球〉タイガースが中日に勝って、6連勝。ポストシーズンに進出。カープは終了。今季ちょうど5割の勝率。シリーズ進出はしないほうが良い。終わりに至って、本気にやっているのかどうか、と思える試合が多かった。シリーズには出ないほうが良い。あの打線では、パリーグ、いやソフトバンクの投打に勝てない。これでよい。

10月1日

我が家のキンモクセイが咲きだしているが、これまであまり咲かなかったのを気にしてきた。近所の石野さん宅の大きな木は、毎年こぼれるように咲き、どうしてこうも違うのだろうと思ってきた。日当たりが違うのかなー、などと。

ところが今年は咲いた。シルバーが選定に来た時期と刈り込みが適当だったのかもしれない。しかし、どうも匂いがない。ちゃんと、新梢の枝の付け根に咲いている。匂わない。

この2本、もう20〜30歳、1メートルくらいの子木を買ってきたのを覚えている。家内は匂うという。嗅覚が衰えたのだろうか。

今日の新聞に、作家永井龍男のことが書かれていて、短編の名手であったと。書棚に、『日本の短編』(文芸春秋)があったので、その「青梅雨」を読んでみた。老夫婦と養女、その実の姉の四人が、自宅六畳のふとんの中で死んでいた。遺書が見つかり、「……五十万円の借金がある。事業をやろうとしたが失敗した。世の中がいやになった」という短編小説。死の前日、淡々とした四人の生活がさりげなく書かれる。この本に、志賀直哉の短編、「城の崎にて」が収録されていて、読み直したら、ここには生き物の〝死〟が書かれていた。冷たい瓦の上に蜂の死骸、人が鼠に魚串を刺して死に追いやる、偶然死んだと書かれているいもりの死体。志賀直哉は、「……生きていることと死んでしまっていることと、それは両極ではなかった……」。

10月2日

死を考える年になっている自分。今日は、偶然、〝死〟を読まされた。

〈診療様態8〉当方の診療には、〝予約〟制を設けていない。考えがあってそうしているわけではない。階下に、内科、整形があり、私の心療内科が加わった（平成24年4月）ため、就業時間を明記しただけである。ところが、インターネットに「予約」のことが書かれていないため、しきりと新患が入ってくる。よく知らなかったことだが、ほとんどの心療内科は予約制にしているようである。

私の次男も高松で「クリニック」をだしているが、厳重というかきちんとすべて予約制をして構えている。思うに、心療内科と救急性というのはどうなのか。当方では、いわゆるパニック状態の駆け込みが新患となるが、病院救急にかかわらず、当方のような診療科に来るのは、それはそれで結構なことではないかとも思える。まあ病識があって、胸苦しさでハートセンターを叫ばず、当方に緊急を告げるのだから、自分の病気を知っていることにもなる。つまり、メンタルな問題だとの自覚があり、本人自身、ターゲットをしぼりきれていることになる。これは評価しないといけない。受け入れるべきであろう。しかし、来院した人たちは、異口同音に、2～3カ月先まで予約が詰まっていて診られないと言われたという。不安恐怖障害は、医師自らもよく遭遇する状態であり、救急で病院に到着すれば消退するものが多いとはいえ、かなり厳しい苦しさでなんとかしてほしいと思う病態である。予約が詰まっているのはわかるが、パニックの人に、2〜3カ月先においでくださいはなかろうと思う。解離性障害（以前のヒステリー性転換）、パーソナリティー障害など、クリニック対応の難しい場合のあることも承知している。しかし、なんらかの対応をして、次のステップを志向されなければ、専門医の資格に欠けるのではないか。

10月3日

消費増税実施3日目。新聞、「家計を直撃……」のトップ見出し。民意を育てるのではなく、煽るのはいつもの新聞。多数決で選んだ政府の政策を、支持する方向に、まず解説の矛先を向けるべきではないか、老人、われ思う。

伊能忠敬と歩行。当時、〃なんば歩き〃と呼ばれた歩行があった。難場所を歩く時、体をひねらない、和服での歩行に向いていた。1800年、伊能忠敬は蝦夷地の測量を命じられた。本来彼は、地球の大きさを図るという遠大な計画を持っていた。西別を最終地点として、3225km、180日を要したと。当時、大体、一日40kmを歩いている。この蝦夷地測量を幕府は再評価し、家斉は忠敬を幕臣に取り立てた。この身分で、地方を回るようになってずいぶん厚遇されている。すでに数百人を統率するプロジェクトリーダーだったことになる。ところで、彼には季節悪化の喘息、当時、〝持病の痰を発し〟とあるが、それに内痔核があった。前人未踏の歩行距離は、忠孝の健康を助長したが、歩行自体は痔核を悪化させたかもしれない。人類は起立して腰痛という万病を招く。今でも、痔核にヒルが用いられていると聞き驚き。忠敬、56歳で日本全体の地図を完成させたとのこと。延べ4万km（3万8173）、驚きの距離、歩いてである。長寿の秘訣に、ともかく〝歩く〟ことが肝要とある。忠敬は、75歳まで生きたが、当時としては長寿であった。

10月7日

新聞、NHKのアンケート、一般に予想される結果を、事前の思惑で機械的にやっていて、常同的。庶民はいつも不安で不平を口ずさむ。結果は、読まずとも、%の予測はできる。

金田正一が86歳で死去。同世代で、あまりにも大きな存在であったのを思い出す。長嶋デビュー時の4連続三振をこの眼で見ていた。プロのすさまじさと、これがのちに誕生する天才バッターの出会いであった。
　アスリートについて、右の2人も典型だが、ケガをしないというのがレジェンドの絶対的要件。相撲で、再度、貴景勝が胸筋の肉離れを起こして、けいこを休んでいる。前回もそうだが、負けたあと、下がるその時、いずれも表情に変化を見せ、何かやったという顔になる。この人は、かなりオーバーワークの稽古と緊張に曝され、ストレス荷重の極みにあるとみる。この時、ケガが起こる。この力士の予後はよくないとみる。

　全日本女子オープンゴルフ。畑岡という子、これで3回目の優勝。以前、トーアギョク、といったか、台湾の才女が3度勝ったのを知っている。それ以来のことらしい。それにしても思う。勝つようになっていく姿というものを見ることができる。畑岡君が、そういう〝状態〟に入っていったのを見て取ることができた。そして、岡山の渋野嬢が、パットが入らないのも見た。以前書いたことがあるが、その〝境地〟に彼女は入っていなかった。それではパットは入らない。タイガー・ウッズが、〝今日は楽しんでいた〟と、ゲームを振り返る。その境地も同じ次元のものである。

〈テレビ〉街歩き・ロンドン。下町プリンストン界隈。ジャマイカ出身の街のミュージシャン、〝根元がしっかりしていないと、枝は育たない〟。こういう町の哲学者が音を奏でていた。

10月10日

ノーベル化学賞、吉野彰氏に。リチウムイオン電池の開発に対して。日本人、27人目らしい。リチウムイオンは軽量で、何度も充電でき、強力なため、携帯電話やノートパソコン、電気自動車（ＥＶ）などに利用されると。また、太陽光や風力のエネルギーを大量に蓄えることができるらしい。化石燃料を使わない社会を可能にするという下支えが評価されてきたようである。氏はまだ71歳。笑顔のよろしい人柄。若い人たちへの言、「……柔軟であって、執拗な精神……」と。この吉野博士、２０１３年に、ロシアのノーベル賞といわれるグローバルエネルギー賞、18年に、日本国際賞、19年に、欧州特許庁の欧州発明家賞をすでに受賞されている。なるほど、今回笑顔で、〝ノーベル賞は順番が来ればいただきます〟と言われたが、余裕ですな。もう一人の共同受賞者、アメリカのドイツ系、ジョン・グッドイナフ氏、なんと97歳。その言、〝死ぬのを待つための引退なんてしたくない、大事なことを追い求めて働き続けたい〟と。励まされる言。

〈TV〉鮭のうまい食べ方。要は、「塩をふり一晩おく」ということらしい。水分が抜けることが要件。ちなみに、限定本、『鮭鱒シュウ苑』（松下高著）に、秘訣ありと。（シュウの漢字？ あつめるの古語）。

〝山鳥毛〟、国宝の刀。備前長船博物館に帰る（?）。上杉謙信愛用の刀とか。

10月11日
台風19号、明日夜、静岡～関東に上陸するようである。この台風の規模、大型。NHKは、激しく避難指示を繰り返している。昭和33年の狩野川台風並みの規模という。当時、まだ学生時代。この記憶はもとよりない。狩野川は伊豆半島に発し、沼津の駿河湾にそそぐ川。今年の15号が千葉県に電気被害をもたらしてすぐのことであり、交通機関の予測運休というのか、その報道が相次いでいる。岡山まあ大丈夫か、広戸風に注意を繰り返している。

10月12日

〈文春11月号〉池内紀ドイツ文学者が死亡されたことは知っていたが、今日、娘さんらしいイスラム研究者池内恵氏の「父を弔った五日間」を読んだ。それによると、死ぬ日の朝まで執筆していたと。あれこれ、あちこちに、氏のエッセイを見てきた。私より十歳以上年下で、東大独文は後輩である。学者（独文学者としての業績はよく知らないが）というより、エッセイストとして読んできた。ご冥福を祈る。氏のエッセイは、「よく読みよく知っているなー」という感想と、氏の力みに反して、なにか面白くないという印象がある。朝3時ころから起床して、原稿をＦＡＸで送っていたらしい。死ぬ日の朝もゲラに目を通していたと。疾病は、死を予期していた悪性のものか。

〈ＴＶ〉讃岐うどん。〝魂を込めて、足で踏んでこそ、思いが伝わる〟と、若い人が言ったので面白い。フランスのブドウ酒もフランス娘が足で踏む。〝ひらら焼き〟というのも四国にはあるよう。知らなかった。

10月13日

台風19号、関東を直撃して、大雨を残して、東北へ。「命を守れ」、「これまでに経験したことの無い」という警告が、終日報道。〝災害〟に対しては、最近国を挙げての対峙。〝計画運休〟という予告も新しい気がする。人災は、今回、少ないようでよかった（翌日の報道では、50名に近い人が死亡、行方不明らしい。ご冥福を祈る。）後記 死者、行方不明あわせて80名を超えている（10月16日、追記）。

ノーベル文学賞、今年も（?）、村上春樹は見送られたようである。順番待ちが本当かどうか知らないが、皮肉というか、今年、イタリア文学賞を受賞したようである。「洞窟の中のかがり火」と題して講演している。その中で、創作論を展開。〝イメージや情景が浮かぶと、短い文章にして印刷し、いったん机の引き出しにしまう。これが時間とともに熟成して自発的に物語へと発展すると書いている。参考になる。ちなみに、このイタリア文学賞は、ラッテス・グリンツァアーネ賞という。

ラグビー。なんとアイルランドに勝つ。決勝リーグに進出するというハプニング。ラグビーが面白くなったが、なにか、〝今までに経験したことの無い〟思いがする。日本チームの団結というか、一塊の精神主義のような団結は、どのようにして形成されていったか、しているのかである。国旗が上がり、君が代を歌うという盛り上がりでもない。面々の顔顔は、決して、日本の顔ばかりではない。素朴につぶやくとすれば、どうして〝日本〟のためということになるのだろうか。団結なくして勝利なしと思う。ただ、そのmotivationはどこに、どうして形成されていったのか。……。愛国精神のようなものではない。それは確かである。

スポーツとこの愛国精神で思い出すのは、ベルリン・オリンピックの〝前畑ガンバレ！〟のあの放送。昭和11年8月11日。自分はまだ5歳だから、真夜中の放送はもとより聞いていないし、当夜、日本全国、雑音多く、よく聞き取れなかったようである。それでも、〝前畑ガンバレ！〟、ガンバレ！〟、前畑！……の繰り返しは津々浦々に流れた。私の手元に、文春85年版エッセイ集があり、前畑秀子氏の〝「前畑がんばれ！」のプレッシャー〟という随筆が載っている。前畑はすでに兵藤秀子となっておられ、ベルリン・オリンピック優勝者となった。そして、「……前畑ガンバレ！」の河西三省アナの必死の声援と、以後、本人には大変なプレッシャーがかかったことが書かれている。このベルリンの前のロスアンジェルスの時には、2位、銀メダルを獲得している。ベルリンでは、ゲネンゲルというドイツの選手が本命であった。準決勝まで、ドイツのほうが上回っていた。決勝で、タッチの差。記録は、3分1秒1。勝ったか、負けたかは、自分ではわからなかったと。ただ、スタンドで日章旗がしきりに振られ、万歳の声を耳にしたと書かれている。

今の日本のラグビーの相次ぐ勝利と前畑秀子の快挙を比較しながら、時代の背景にある国情や文化の歴史にある感慨を覚える。ナショナリズムについて考えた。

10月15日（火）

台風19号。水害が長野、福島、などにひどいらしい。死者・行方不明、合わせると七十数名に上っている。真備町匹敵かそれ以上。日本の村落の形成にかかわっているのかも。河川・堤防・ダム etc?.

わが家、十数年見てきた2台のテレビ、日立のほうは、断続的に画面オフになり、画像消滅。このほうを買い替えることに。エディオンに赴き、決断。4Kなるものを搭載した液晶シャープ aquos に。〃4K？　あんなものは要らんよ、印象派でいくから〃などと言っていた自分も節操はないことになる。

今日のニュースではないが、長老の104歳、97歳、あわせて201歳の夫婦の紹介。感心したのは、この老夫婦のもっていた雰囲気。包み込むような慈愛である。妻は足が悪いのか座している。ニコニコして主人を目で追い感謝の表情。この主人、ほとんどの家事をしている。近所の海辺の堤防に釣りに出かける。例の、一人乗りの、何と言ったか、自動車。そろそろ海に向かう。なんと、釣りをするのが日課。しかも、妻が造りが好きで、アジを釣りたい、今日は水が濁っているので、こんなに小さい、という。アジを上手にさばく手つきも慣れたもの。〝一人でいるわけにはいかない、妻あっての自分だ〟と、微笑みの中で、深い愛を感じた。

10月16日

〈新聞〉瀬戸大橋線の車窓から、岩黒中学校体育館の壁面に、「クマゼミ」の巨大壁画が見えるようになったそうである。クマゼミには、少年ノスタルジーがわいてくる。蝉の中で一番大きかったから、迫力が違い雄姿を感じていた。郷里では、クマゼミとは言わなかったように思う。頭から羽の先まで約6センチ、やや青みがかった黒色といえばよろしいか、夏の朝、〝シャーシャー〟と周囲を威圧していた。体育館に島の自然と中学校の歴史の発信をかけて描き出されたらしい。このクマゼミの研究は、日本学生科学賞、中学部門最優秀賞に輝いたようである。往時、誰よりも早くこの迫力の姿を見ようと、探偵もどきで忍び寄ったものである。

10月19日
山麓会(※)に出る。12、13名の出席。10人以下だと、来年はやめようということになった。会は、耳が遠い人間の集まりだから、それぞれが勝手になにか身内の事情など、ぼそぼそやっていただけ。岩国三井君のまとまりのみ。車で出席し、また車で帰る。飲酒なしの出席は自我意識の乖離を招くような気がした。

何気なく見ていた小田和正なる人のツアーコンサート、なかなかのものだった。音楽のことはよくわからないが、徳永英明・さだまさしを足して二で割ったような高音のリフレインというか、なかなか私の琴線に触れよかった。ドームかスタジアムか、数万(?)の女の子が泣いていた。気持ちよく寝る。

（※）岡山大学医学部昭和36年卒の会

10月21日

台風20、21号が発生している。相次いで同じようなコースをとる。しかし、今回はややはずれ、温帯低気圧に変わって、列島大丈夫のよう。ところで、19号の被害、結局100名に近い犠牲者のようである。「流域洪水」という現象があるらしく、雨が当地に降っていなくても、当該流域のどこかに豪雨が発生すると、遠隔に水害が発生するのをいうらしい。

風聞だが、「霞堤」という洪水防御の施策があったらしい。千曲川では、武田信玄が早くから洪水を恐れ、本流からハの字型に水を引き入れて、民家への侵入をこの人工的堤で防ごうとしたらしい。この霞堤、今役に立つなどありえないと思うが、現代、なおこれを試みたらしい。結局、不発ということだった。

〈雑ノート〉FOB! fresh off the boat, 海辺にたどり着いたばかりの移民のこと。ののしる人も移民の子かもしれない。

「ワールドカップ・サッカーラグビー」、決勝ラウンド、日本、やはり、南アには歯が立たず。まあこの程度だろう。本当によくやったのではないか。全国にさわやかな明日への希望のごときを伝えたのではないか。それにしても、大変なブームとなった。日本開催への歴史はよく知らない。ラグビー自体の歴史もサッカーと錯綜しややこしい。

ウィリアム・ウェッジ・エリス（１８０６―１８７１）が、１８２３年、試合中ボールを抱えたまま相手のゴールを目指して走り出したというのは本当らしいが、これがサッカーからの分離のきっかけというのは違うらしい。当時、サッカー自体のルールなどもなかった。ラグビーは、１９２５年（大正14年）、ラ式蹴球（闘球）として日本に来た。スコットランド・パブリックスクール、ラグビー校に由来する。英語圏にいきわたり、後、フランス、イタリアに普及していった。驚いたことに、ラグビーは俳句の季語になっている。

〈ラグビーの肉薄つひびき吾が聞きぬ〉（山口誓子）

〈ラグビーや緑の大地あるかぎり〉（長谷川櫂）など。

〈山陽新聞〉精神医学の歴史研究　精神医学発展の歴史を研究する第23回日本精神医学史

学会が26、27の2日間、岡山大学鹿田キャンパスのマスカットキューブで開かれる。初日は午前8時50分に開会。会長講演「てんかんの歴史集成」や「疾患単位論崩壊の歴史」をテーマにしたシンポジウムなどがある。2日目は、松蔭病院（名古屋市）の鈴木国文院長による特別講演「モダンの裂け目から見る精神医学史」、シンポジウム「意識障害から考える意識」などのプログラムがある。（うまく纏めてくれたので、そのままこの歳時記に載せておく。会長の氏名は書かれていなかった）。

10月22日

「即位礼正殿の儀の日」で祭日。天皇陛下即位宣言。「国民に寄り添う」を誓いの言葉でまとめられている。各国の要人、降りしきる雨の中、皇居へ。陛下、玉座「高御座」に立つ（タカミクラ）。祝宴「饗宴の儀」が開かれる。ほとんどの地域でお祝いの行事が開かれ、盛り上がりを見せたようである。パレードは、災害地域を意識して延期された。昭和、平成、令和と生きてきたが、私の94歳の実姉良子は、大正15年生で4時代を生きたことになる。我が家は、ひ弱家族と思ってきたが、父正樹80歳、母ハルノ90歳、兄敬（タカシ）90歳であったから、時代を考慮しても長寿家族になるのか。

10月23日

〈野球〉日本シリーズ、ソフトバンク、あっさり4連勝。7―2、6―3、6―2、4―3。波に乗るとか、運とか付きとかではないよう。かなり実力が違うようだ。巨人の原も、相当に壁は厚いと言っている。去年のカープ戦ですでに小生感じていた。しかし、またこれも栄枯盛衰。〝昔〟の話と化していく。ソフトバンク、孫社長宙に舞い、読売新聞、地に落ちて埃舞う。

10月24日

起きがけに、新聞の見出しを見て少々感動。〝JR芸備線が全線復旧〟とある。昨年7月の西日本豪雨で不通になっていた。中三田―狩留家間4・5㎞が、約1年3カ月ぶりに運行とある。感動というのは、この区間、私にとっては想い出の路線。私は、戦争末期、昭和19年、12歳で、親元を離れ広島の中学校に進んでいた。故郷東城から広島へ、芸備線5時間の道のりを、敗戦20年8月まで、延べ十数回往復したことになる。車窓から、郷里までは遠く、行き過ぎる各駅の呼称ももどかしく見つめていた。おかげか、駅名が今思い出され懐かしい。三次を過ぎ、志和地、上川立、甲立、吉田、向原、志和口、三田、玖村、矢口、戸坂、矢賀と、暗誦はできないが、容易に鉄道地図をみると、すらすら読める。この汽車時間がなにか少年の思いを深く宿しているのを人ごとのように思い出す。記憶は、確かに、思いを含んだ場合保たれるのであろう。子供は意識していなかった。しかし、押し殺していた、母との分離が隔たる距離をつなぐ思い出なのであろう。

10月24日

ラグビーで書いておきたいことがある。『俳句の図書室』堀本裕樹著を開きながら、以前好きで読んでいた山口誓子のことを再度思い出した。氏の俳句にラグビーを歌ったものがあることはすでに書いた（10月21日記）。氏は、京都一中時代、ラグビーをやっていたらしい。〝ラグビーのジヤケツちぎれて闘へる〟、〝ラグビーの巨躯いまもなほ息はずむ〟、〝ラグビーの多勢遅れて駆けり来る〟、〝外人の声ラグビーを励ましつ〟などと残している。ラグビーの季語というのは夏だろうか、季節問わずでよろしいが。それにしても、好きだった山口誓子が、精悍な顔貌に黒のめがねで、ラグビーを深く愛していたとは驚き。ラグビーはサッカーに比し、なにか詩になるものがあるのかもしれない。氏はさらに言う。外国人チームが来ると欠かさず見た。巨きなからだをして、肩で息をしていたと。当時は敵方であったらしい。今のワールドカップでは、新しい国際ルールで、外国人との混成チームになっている。大きな体は今日本のチームの中で大きく息を弾ませている。誓子先生に見せたい。なおラグビーは物の本によると、冬季の近代季語となっている。

10月25日

〈臨床様態9〉患者さんの家族から、私の方の年寄りは、〝うつ病なのか、認知症なのか診てほしい〟と言われることはかなり多い。この問題は、専門的になると複雑であるから、一般的な指針としておく。まず、どちらかを云々することは真の姿を見失う。うつ病というのは、心の病であり、認知症は、脳の衰えである。両方があっても可笑しくない。〝最近、長年連れ添った片割れが亡くなり、以来全く、ふさぎ込んで何もできない、しない。室内も荒れ果て見るも無残な残骸の山。日時、時間もあいまいで昨日何を食べたのかも語れない〟などなど。物忘れにも心配なものとそうでないものがある。この場合は、見せかけの物忘れであり、片割れの死亡による鬱状態に伴う関心の喪失による。ただ強調したのは、この二次的ともいえる鬱状態と、健忘は同じ一人の老人に生じる心身の表出であり、別々がそれぞれ存在するわけではない。鬱の成り立ち、認知障害の内容を専門的に検討してもらい、正しい指針をもらわなければいけない。そういうことである。〝かどうか〟を、色々コネ合わせておせっかいを焼く周囲が最近目に付く。

10月26―27日

「日本精神医学史」学会開催。於岡大マスカットキューブ。小生会長。別記（21日、山陽新聞）。

下記の文は、学会開催のプログラムに載せた会長挨拶文である。

山椒魚は悲しんだ。「いよいよでられないというならば、俺にも相当な考えがあるんだ。」しかし、彼にはなにひとつとしてうまい考えがある道理はなかったのである。―井伏鱒二『山椒魚』より―

第23回「日本精神医学史学会」を開催するにあたりご挨拶申し上げます。いきなり、文豪井伏鱒二の『山椒魚』の一節を引用させていただきました。その意図はさておき、この文豪自身も、山椒魚も、西日本吉備に相当する地域の産でございます。ご承知のように、山椒魚は私が子供のころから、なにかよくわからない不気味な生き物で、故郷山野の上流の淵に奥深く生息しているのをみてきました。両生類、なにか、わが「精神医学」のごとく、

絵は、『山椒魚』のイラスト
O氏の提供による

頭でっかち、水・陸両用の主題を抱える迷妄の生活を感じる次第です。

ご忖度どおり、「精神・神経」の両生をひとつの器に入れ、融合を試みたり、分離独立を主張したりの毎日、ついに肥大化し出口を失っているようです。学会のポスターに、この山椒魚を泳がせてもらったのは、かくいう次第です。

大会テーマを『病態変容の歩みを史実に探る』としました。特別講演、シンポジウム、各2題に、共通の主題を提示していただくべくお願いしております。鈴木國文氏は、最近『同時代の精神病理』を上梓され、この延長になるのか『モダンの裂け目から見る精神医学史』

をお話しされます。シンポでは、まず、疾患単位の問題を提起させていただきました。疾患単位崩壊は、すでに一世紀以上にさかのぼりますので、『崩壊』の過程なのか、乱立の歴史なのかという二律背反の論理を抱えているようにも思われます。ともあれ、今日のDSM診断の誤謬の是正につながるものと期待しております。

次に、「意識」の問題を取り上げます。精神現象の意識と神経生理学解明の意識との融合が目途ではあります。主として、意識障害が中心となるでしょうが、精神医学には、心因性というやっかいな主題が立ちはだかっております。意識障害の臨床に加えて、神経生理学の泰斗に、科学の進歩の実状をお聞きしたいと思います。ここにも、〝両生〟の融合に期待したいわけです。

会長講演は、小生の長年の主題であるてんかん学ですが、学会が「精神医学史学会」であり、〝てんかん、癲癇〟にまつわる歴史の集成を試みます。「現代に及ぶ歴史」として、古くからの謂れ、そして、時代を重ねての変遷をテーマにして、自身の研究と歩みから社会史を覗きたいと思います。

今回の岡山学会開催にあたって、母校の岡大神経精神科教室に、すべてを委任し、教室全体の援助と企画にお陰を受けてまいりました。小生の長年のテーマと明日につながる視点に温かい支持をいただきました。紙上を借り厚く御礼申し上げます。

10月28日

八千草薫、すい臓がんで死去。同年齢らしい。88歳没。昭和26年、宝塚デビューとあるから、丁度、自分が大学に入った年。戦後5年目。20年の敗戦時、焼土日本からたった5年で人心一変。当時新宿界隈にいたことになり感無量。それはそれとして、彼女曰く〝少し無理してやった、うんと無理しなかった〟。かわいい人の代表。見かけよりも芯強く、嘘の言えない人だろう。

10月29日

今日から5日間、休業。自分としては、長年の思いであったし、やや突然意を決して「上高地」旅行を決行。9:53、岡山発。なんなく名古屋。10番線、中央本線しなので松本まで。10年近く前、鹿教湯（カケユ）温泉に向かった時と同コースということになった。途中、木曽福島の前、木曽川渓流を車窓に見て、急流の川底に大小の岩石が一面に転がっているのが印象的だったが、今回もこれを見ようと乗客の少ない車室を移動しながら覗いてみた。定刻松本着。予約タクシーすぐに現れ、２時間近くかかって到着。ひんやり来るので、呼吸が気になる。広い室内の東北方向に、穂高がくっきり目に入り、高地到着の感。当地の気温、大体3度〜11度らしい。寒気に注意。今時、呼吸器疾患既往の者には不適当な選択であったかもという思いが走る。海抜、１５００ｍ。当夜、酸素飽和度90前後。岡山での平素の値より５％低い？　この上高地なるところを書物に少し散策してみる。丁度売店に、新しい文庫本、『名作で楽しむ上高地』があった。田部重治「上高地」を抜粋してみる。

……松本から五里の島々に始まる、まだ切り開かれていない15年以前（この執筆、大正3年）の上高地渓谷は、松本から飛騨へ抜ける近道にあたっていた。尾根続きの密林を分けてこの渓谷に入る。それから焼岳の裾を梓川に沿って迂っていく。物凄いほどの清らかな流れを徒渉し、その水の冷たさに震えながら、穂高を山の中腹に眺める。梓川の上流に突っ立つ槍ヶ岳の壮観、穂高山の違麗、焼岳の多趣などは、上高地を飾るもの。日々暮れてくると、靄が水上のほうから立ち込め、穂高の荘厳な姿が流れに浮かび、焼岳の煙が寂し気にたなびく。大正池は、上高地における自分のもっとも好きなもののひとつ。若葉の燃え、躑躅の咲く六月と、紅葉する九月下旬から十月へかけての上高地、特に、紅葉の上高地は最も印象的である。この峻嶮なうちに、どこか円みがあり、深林と渓流との壮麗をもち、頂上の絶えざる白雪に憧憬の気分を示している趣味豊かな気高い自然の彫刻は、独りこれをこの渓谷に求めなければならない。

顧みれば焼岳の噴煙蕭条として、東の一面は、太陽の光を浴びて薔薇色に香うている。上高地の滞在は、それは、徹頭徹尾、切実な疲労を知らない緊張的な歓喜の世界に彷徨する感じそのものである。つまり、最も強い音楽に魅せられた瞬間の引き延ばされたものであり、緊張的な情熱に充ちていた。(「大正三年夏の山旅」より)。

田部重治　１８８４(明治17)～１９７２(昭和47)。旧制第4高校(金沢)から東京帝大を経て英語教師を主とし、奥秩父の山と渓谷、日本アルプスの縦走などから、多くの著書あり。大正14年、上高地に滞在。上記の滞在日記は、１９１６年(大正５年)に書かれたものらしい。

10月29日出発。29日、30日、31日。11月1日、２日帰岡

上高地帝国ホテルに滞在。歩いて10分から20分の範囲で付近の散策。河童橋周辺で、梓川の清流を見て過ごす。それ以上の観光はあえてせず。白骨温泉とか眼に入るが、家内の趣味に反するので行かず。３１９０ｍ奥穂高を常に仰ぎながら終日、和食、フランス料理

を繰り返す。料理メニュー「神河内」にあるように、上高地は、古く上記のように、人が踏み入る前、〝神河内〟なる聖なる地であった。

〝かみこうち〟の由来について、ここでもう一度、文献を逍遥したのでまとめておきたい。

岡茂雄『かみこうち宛字の詮索』（『名作で楽しむ上高地』大森久雄編、２０１９より）

信州のカミカウチに上高地の漢字を配したのは、明治38、39のことであった。日露戦争直後、旅順の激戦で有名であった二百三高地が、……コーチと聞けば直ちに高地と書きたかった頃、…上高地と宛てた、…という説もあった。上高地は神河内が正しき説では、その名乗りを上高地温泉株式会社としたのが流布された原因とみる見方もあった。神河内の語源については縷々詳細に及べないが、カミカウチは、神垣内でなくてはならないに始まり、種々。広島県には、上垣内をカミコウチ、カミゴウチと読ませている。ともかく、上高地は、日露戦争の二百三高地から、後にできた。そして、昭和9年、上高地は神河内が正しいという説が『山岳』に発表され、諸家もこれになびいた。のちに、柳田先生が、上高地は勿論上河内でありますと明言。一方、ともかく、上高地が使われだしたのはいつかということになる。文化五年辰年、上河内、以後、上高地と書きながら、あとには上高地の文字もあり混用されていく。一方、土地の人は、かみぐち、かみうち、と呼んでいた。

明治37年、上高地という宛字は定着。この〝かみこうち〟に帝国ホテルができ、神河内ホテルとされたとき、直ちに、上高地ホテルに改めさせられた。

11月2日

〈臨床様態10〉ずいぶん古い話になる。岡大の精神・神経科の外来で、専門外来ではなく、当時助教授として疾患の如何を問わず、来院の患者さん誰にも接していたころ、当時すでに老人が多くなっていた。当時は、脳動脈硬化症という臨床名が一般的に用いられていた。だからはっきりしない老人の訴えを、脳血管の動脈硬化による循環障害として説明を繰り返していた。愁訴は多岐にわたっていたが、とりわけ思いだされるのは、皮膚感覚の異常を訴えられる人が、当時からすでに多数あったのを思い出す。今でもまったく同様なのである。下肢、ひざから下の部分をさしながら、色々の表現をされる。〝しびれている〟というような単純なものではない。かって、皮膚の裏側を寄生虫が這い上がっていくという、例の寄生虫妄想がよく知られてきたが、妄想性障害の一つで、今回問題にしている訴えは系統的な妄想体系などではなく、不定愁訴（後に説明したい）に近い。例えば、えぐるような、暑い、わーと広がる、などである。皮膚感覚異常症は、セネストパチーの一つである。

皮膚の病気といった意味である。Cenesthopatieはフランス語からきている。
今回は、このような訴えをする老人が増えていることだけを書いておく。どう対処していくのか難しいのが実情。

11月3日

岡山の紅葉はこれから。上高地はすでに終わっていた。黄ばんだ木々の遠い峰を見上げ、明日はマイナスの朝になるかもという状況だった。岡山の新聞には、旧閑谷学校の楷の木の紅葉を伝えている。このカイは、樹木辞典では、爛心木、ランシンボク属ウルシ科となっている。落葉高木、20～25ｍになる。中国山東省曲阜の孔子の墓所に植えられている木として有名とか。日本には、大正時代に渡来。閑谷の木も樹齢は100年を超えている。最近、樹勢が弱り保存会も苦労が絶えないらしい。紅葉の源　ナナカマド、タケカンバ。

11月4日

粘菌は脳がないのに学習することができる。

アボリジニの文化には、山登りを禁止している?

「馬鹿なことを言う者の言葉も、きちんと聴いてやるべし。さもなければ、諌めてくれる者まで、何も言わなくなる」

「決断はさほど難しくない。問題は、その前の熟慮」

「どうにもならない時は、四辻に立って、杖の倒れた方へ歩む」

(徳川家康:土井善晴:おいしいもんには理由がある。「ひととき」、11、2019)

穂高岳の自然　〃太陽柱〃という現象は光の柱。Morgenrot、ブロッケン現象、白い虹、などの表現がある。〃山では人をあてにしてはいけない〃、〃人はなぜ山に登るのか〃(宮田八郎:享年52歳)。

〃六十七十ははなたれこぞう　おとこざかりは百から百から　いまやらねばいつできるわしがやらねばたれがやる〃(平櫛田中)。没後40年、「美の軌跡」(田中は井原出身で百歳を超えて彫刻を続行(1872~1979)。

法華経は、備前・備中・備後で盛んである。「備前法華」とよばれるとか。当方は、〝だんだんよく鳴る法華の太鼓〟、〝当たるも法華、当たらぬも法華〟などの軽薄な知識のみ。関東で芽吹き、京都で花開き、その種が根付いていったのが岡山であると書かれていた（中尾堯氏、日本仏教史家講演）。11月3日、後楽園博物館。

11月8日　立冬

パラリンピック競技は、1964年の東京開催時にも行われていた。

瀬戸大橋の夜間点灯は、平日もおこなうとのこと。瀬戸芸の観光客は、すでに100万人をこえている（年間）。

総社には、赤米大使なるものあり。

沖縄の首里城、火災の原因は配電盤のショートであると。これほど大切にされてきた世界遺産にして、管理杜撰といわざるをえない。

最近、〝障がい者〟という枠づけというか、決めつけというか、乱用気味。その典型は、〝発達障がい〟。こう決めつけてなにか解決されるのか。

参議院国会討論。大学入試の〝記述式〟問題をめぐって論議があるようである。思うに、マルバツ式で育ち偏差値高度のエリートには、大いに問題があり、医学部において然りである。医師になって人間同士の対応に事欠く秀才が多い。その反省があって、面接の重視、〝記述〟に適応能力の高い、深みのある人材を見出すという期待がもたれている。文科省の不手際はそれとして、野党の揚げ足取りが、時代の問題を知らず、攻撃に終始しているのは嘆かわしい。

雷魚　中国地方の原産。吉井川周辺の小川が放映されていて見る。川魚でカムルチーとか、台湾ドジョウの俗称らしい。頭は蛇に似ていて、鋭い歯を持つ。食用とある。ルックスでは、絶滅種の風貌。郷里の山椒魚を思いだした。今日見た雷魚は、30センチはありそう。

11月9日

「宇高航路廃止へ」。明治43年（1910年）、多大の期待を込めて宇野―高松の間に開設された。自分とのかかわりも少なくない。海を渡らずに高度医療をとの期待から、最後の国立大学医学部の新設で、高松へ赴任した。それは、昭和58年4月。瀬戸大橋は数年をなお残して完成していなかった。当然のこととして、この宇高連絡船を利用した。家を岡山に残したから、毎週のごとく、岡山―高松を往復した。船内で、一時間、宿題であった、てんかん（脳疾患）に関する著作・翻訳を行うに適当な時間だったことが思い出される。当時、マイカーのフェリー代もばかにならず、経費が掛かったので、小型にしたり、軽自動車に乗り換える医師も多かった。1時間に3本近く船が組まれていたので、待ち時間も少なく、ともかく必須の交通手段だった。今、斜陽の影濃く後退するらしい。今すでに5往復になっている。瀬戸大橋開通前の1987年、当時3社あったが、合計150往復、400万人を運んだという。国鉄連絡船は、瀬戸大橋開通に伴い廃止。新設医大赴任から、38年が経過。自身の高松時代と瀬戸大橋―宇高連絡船は、まったく同時代として脳裡に鮮明である。

11月10日

午後3時、「天皇即位のパレード」。沿道はものものしい警戒。10キロのスピードで、皇居から赤坂御所まで。天皇、皇后の頬にかすかな涙を見た。国歌吹奏以外に、万歳三唱が繰り返されるのが気になった。「天皇陛下万歳！」がやや浮き気味。子供の頃のあの時代、天皇陛下万歳であの世に行った早世の若者が同じように叫んで散った。この祝賀御列が、日本を再度妙な道に誘わないよう祈る。因みに、主催者は、超党派議員連盟、財界である。第2部の昨夕、安倍首相、嵐（ボーカル）、歌舞伎俳優松本白鸚、女優芦田愛菜らの出席とかで皇居前特設舞台で祝賀が行われた。平成時の即位時にはやや不穏の雰囲気があったように記憶している。今回、4㎞の沿道に11万人が日の丸を振った。〝愛媛から来ました〞など、地方からの上京も結構多かったようである。この祝賀のために上京したと言う。思うに、私などの天皇崇拝は肯けるとして、どうして、どのように、〝天皇陛下万歳〞が、昭和後期、平成生まれの人たちに浸透していくのか、わたしにはよく呑み込めないものがある。

皇后の病気について思う。直接診ていないので推測を交える。普通の、しかし優秀な子女ではあるが、皇居に入るというのは、また格別な出来事であった。診断は「適応障害」。ストレス障害といってよい。従って、常時悪いわけではない。皇后という公務は特別な場にある。アイデンティティー喪失の時期が数年にもわたって続いたのであろう。困惑をとおり越し、乖離に近い状態に陥るかもしれない。「場」に臨む恐怖はほぼパニック状態。不安恐怖が常在していると思われる。自律神経症状は、死に至るような苦悩を生む。そういう疾病をもっておられるのであろう。しかし、予後は悪くはない。おそらく、自己治癒にむかうレジリアンスをもった人格とみる。心配無用である。それよりも、愛子さんをはやく天皇にする法の改革を急がないといけない。天皇引退年齢の高齢化、男子不足などが重なり、ますます難しくなる。日本が特別、神の国ではない。男の象徴、女帝の象徴、大いによろしいのではないか。私はそう思う。

11月13日

岡山地方の安定日和が続いている。わがコップ・ウア（Kophuhr）、頭時計も何とか稼働。休日は7時ころまで、出勤日はちゃんと6時には目が覚める。東の空は茜色で、6時はまだ暗い。週末から寒気が来る。ヘルマン・ヘッセ論考、急がれる。

11月14日

皇位継承の儀式「大嘗祭」は、14日夜から15日未明にかけて皇居・東御苑で行われる。天皇即位に伴う一世一度の祭祀。天皇が五穀豊穣に感謝し、国民の安寧を祈る。往時、思い出すのは、「神嘗祭（かんなめさい）」、「新嘗祭（にいなめさい）」だった。学校が休みになったりして喜んでいた（そうだったかどうか?）。前者、神嘗祭は、10月17日に行われた宮中行事で、天皇がその年の新米を伊勢神宮に供える祭事と辞書にある。「しんじょうさい」ともいうらしい。新嘗祭は、11月23日で、もと陰暦11月のなかの卯の日に行われる宮中行事。天皇が新穀を天地の神に供え、自らこれを食する祭事。現在の「勤労感謝の日」である。政教分離が叫ばれ、方面によってはなにか、かまびすしい現状。私にとってはどうでもよいが、天照大神の方角に向かって現天皇が祈りをささげるという神格化の一方、室町時代から江戸時代にかけ、２２０年にわたって戦乱のために中止されていたとか、なんとも「揺るがない」継承という実感はない。やや自信喪失の我が国、いまさら国威高揚もなかろう。国民不在の「神格化」復活は困る。新聞報道にも〝動揺〟を感じる。

11月17日

〈相撲九州場所〉8日目。珍しい決まり手を目撃した。石浦対錦木。〝みところぜめ〟。勝ったのは、石浦。三か所を同時に攻め倒したということ。今、体の、どことどこははっきりしないが、腕、足、もう一つ首？　26年ぶりとか。前は、やはり、業師舞の海だった。丁度、今日、彼は、正面放送席で解説を担当していた。明日は、また、業師、古兵、引退した嘉風、これまたひけをとらない業師が土俵人生を振り返るとか。

11月19日

〝冬の使者〟として、おしどりの飛来が告げられている。旭川ダム湖に。例の輪郭のはっきりした、なにか、台所に裃でも被っているような衣装。どうも、周囲になじんでいない色合いを感じる。雄が銀杏羽の鮮やかなオレンジ。雌は地味で灰褐色。ドングリの実が好きらしい。警戒心が強い。そうなら、もっと地味な色合いに変身してもよさそう。俳句歳時記〈冬〉にも載っている。水に浮かんでいる姿が、神主の木沓のように見えるので、「鴛鴦の沓」というらしい。いつもつがいで行動する。〝鴛鴦夫婦〟。一方がいなくなると、残された方は、焦がれ死ぬと書かれている。人間の解釈か、教訓か。〝鴛鴦の沓波にかくるることもあり〟（山口青邨）。

〈TV〉キエフ（ウクライナの夏）色濃くロシアの影が見える。いつだったか、もうずっと以前、中学時代か、私の教師で丹生谷（ニュウノヤ）という先生から、ウクライナは東欧の穀蔵と教えられていた。日本敗戦末期、外国のことをいろいろしゃべる癖のある教師だった。妙に記憶にある。首都キエフ。どこまでも平原という感じ。広々。いきなり、チェルノブイリ原発事故、キエフから近いという。ウクライナは、1200年代、モンゴルによって滅亡。あと、ロシア支配。苦しい歴史が今も街行く人の顔に見える。〝過去を知らないと未来は見えない〟、二人の人が、みずから述べていた。なお色濃く残るロシアの圧迫の歴史。先行ききびしいというが、街行く人の顔は意外に明るい。人の好い風貌がうかがわれた。

香川漆芸〝キンマ〟（蒟醤）の技法をもつ人間国宝、太田儔氏、88歳、肺炎で死亡。私と同年、自分史と重なる部分あり記載。氏は、岡山市出身。高校時代、県重要無形文化財保持者難波仁斎氏に学んだ後、岡大教育学部に学んでいる。特設美術科に在籍。岡山・香川の教壇に立ちながら、漆塗りの表面を彫り色漆を埋めるキンマの研究を続け、〝布目彫（ぬのめぼり）蒟醤〟と名付けた独自の技法を確立。１９９４年、人間国宝。晩年は高松市屋島に居住されたようで、近隣で小生の高松生活と重なっている。香川大学名誉教授も共有。蒟醤の花瓶など、現在、わが書斎の戸棚に鎮座、改めてその奥深い艶姿を鑑賞した。

11月20日

安倍首相在職1位　第一次内閣を含めて、桂太郎を抜いて、憲政史上1位だそうである。新聞は功罪相半ば種々書いている。この長期政権の要因は、複雑というか単純というか、言ってみれば、政治社会の浮沈の上下が運よく平衡関係に終始したことであろう。弁舌の言葉は確かに長かった。しかし、一方、身軽に外国を飛び回ったのも特筆されよう。日本人のもっとも苦手の分野を十分にこなしたといえる。

煎じ詰めれば、競争の人材に欠け、今の野党ではどうにもならないし、運のよろしい御仁である。

ハンセン病の補償問題が一応終わった。患者家族の思いは深く、何とも言い難い。子供の頃、1940年ころと思うが、生家備後の奥深くでも、膝などに擦り傷があったり、打ち身で紫赤色になった、あちこちの身体の部分を指して、くされとか、レプラじゃとか、誠に恐ろしい言い伝えを口走っていたのを思い出す。つくづく親の教育の重要性を感じる。現在、「てんかん疾患」にも根強く底流している偏見とスティグマに取り組んでいるが、難しい局面である。ハンセン病は、今、日本にはほとんど見られなくなった。〝患者〟はほとんど居ない。しかし、偏見に対する払拭は非常に困難であることを今改めて感じる。

11月21日

大相撲11日目。白鵬の優勝、ほぼそうなるだろう。それにしてもかねがね腹の虫が治まらないのは、彼の汚いあの〝かちあげ〟とか、〝はりて〟の乱用である。やってはいけないということはないらしい。相撲の差し手の一つなのであろう。だが、かねがね審判部とは言わないが、その方面から、そういう荒っぽい手は横綱はしないほうが良いといわれてきている。Ethicalなことで、品位にも欠ける。遠藤の顔には、翌日、二つの血痕がはっきり顔面に出ていた。日本人にもなった白鵬に言いたい。あれをやらないと勝てなくなっているのなら、前人未踏の記録を以て引退するのがもっとも美しい。記録に傷がつくぞ。

11月22日（小雪　二十四節気のひとつ）

「大嘗祭」の行事、すべてを終了され、天皇皇后、伊勢神宮の天照大神を祭る内宮に参拝。すべての行事を終えられる。行事とはそぐわない感想二つ。皇后は、幸い今のところ体調よろしいようで安心。興味深かったのは、皇后は〝馬〟にアレルギーがあるので、別便で車にて参拝されたと。宮内庁の判断はしぶしぶか、現代的考慮の結果か。もう一つ。沿道に涙する婦人たち。この人たちは、自分の年齢からみると、娘とか、もっと若い顔も多かった。涙し、感激の対応があちこちで報道されていた。自分が遭遇すれば、きっと涙腺は緩みっぱなしになるのは間違いないとして、戦後の教育、世情を思考すれば、こういう感激は、神がかりというよりも、アイドル化したものだろうか。

ローマ教皇38年ぶり来日。法王の来日は、38年ぶりで2度目。現教皇は82歳。若々しく明るい。タイ訪問から、タイ航空で来日。あいにくの風雨。羽田に白い法衣がちぎれるように乱れていた。アルジェンチン出身の法王。人なつっこいのはそのせいか、と思ったりした。広島に来て、核廃絶を働きかける。教皇の東京でのミサ。講演のなかで、〝いじめ〟

のことに触れたとき、〃太っちょ〃と言われたら、〃痩せっちよ〃と言い返せと、にやりと笑っておられた。

追記　教皇の示した一枚の少年の写真がある。子供向きの英語表記で、Pope Francis showed special feelings for a photograph during his visit in japan. In the photo, a boy is carrying his head brother on his back. It was taken in Nagasaki after the atomic bombing in 1945.（山陽新聞　12・15、さん太タイムス）。思い出すのは、この子の姿、これは私などの子供時代、戦中戦前の坊主頭の〃気を付け〃の姿勢。「戦争のもたらすもの」ということはそれとして、すべてを語っている。咽ぶような感慨に襲われた。

11月23日

すばらしい好天。まさに、「小春」。『徒然草』に、「十月は小春の天気」とある。天気温暖にして春に似るということ。今日は、結婚記念日、昭和38年、広島の旅館（名前は不明）で挙式。岡大精神神経科同僚10名前後出席してもらった。奥村教授は、奥様が足が悪いということで、媒酌もかなわず、教授のみ出席。当日、当時まだ一般的ではなかったが、挙式後、車で新婚旅行に京都に向かった。当時の車種は覚えていない。当日、朝早く、上下（ジョウゲ）

湯が丘病院から出発した車中、「アメリカの大統領ケネディー暗殺される」の報が流れた。忘れがたい「勤労感謝の日」となった。以来、結婚記念日は、ケネディー暗殺と重ねて思い出すことになった。因みに、翌年一九六四年が東京オリンピックである。

11月26日

ＪＡＦ12月号「道の駅」。ひろしま県民の森へのロードマップで、遠い記憶、「芸備線」の駅名が出ていた。被爆後、東城―庄原の間を、毎朝汽車通学をした。母は、毎朝５：00には起床し、息子の弁当を用意した。５～６人一緒に通ったように思う。もう誰と誰であったかは思いだせない。東城―八幡―小奴可―道後山―備後落合―比婆山―備後西城―平子―高―備後庄原。約１時間半を約１年半通学した。県立は格至中学であった。その後、元の広島の修道に戻った。忘れがたい一齣。いろいろ細部記憶している。14～16歳、敗戦直後の秋、昭和20年の時である。

11月29日

22日の「ラジオ語学講座」で聞いた情報。平均月収のこと。ドイツの会社員の平均月収は、日本円で約30万円（２０１７年）。これからいろいろ引かれて、約１８００ユーロ。大体日本と同じくらいになる。興味深かったのは、ドイツ人は、日本人の服装を見て、収入を判断できるといっているそうだ。

11月30日

中曽根康弘、元首相死去。１０１歳、老衰。思い出すのは、昭和50年代初めの頃、車窓から、〝中曽根康弘を総理大臣にする〟運動の、何というか、立て看板が田んぼに立ててあるのを見ていた。「戦後政治の総決算」を成し遂げ、国鉄の民営化、日米関係の強化などが業績。なんといっても、その中で、憲法自主改正が、氏の悲願であった。当時、反論は時の事象として当然であろうが、今になってみれば、ごく当たり前の先鋒論であった。「憲法」は、なにも「正義」などというものではない。政治で決められるものであり、何度変更されてよいと私は思う。それは世論に根拠を有するものである。振り返れば、偉い人は早くから見通していた。氏は、俳句が得意らしい。総理を辞任されたとき、「暮れてなほ命の限り蝉しぐれ」と詠んでいる。辞任後、30年経過、なお昨日、凛たる眦を見てきた。お悔やみ申し上げる。

〈臨床様態11〉某製薬から職員教習で睡眠に関する講義を依頼された。その際のレジュメを記載しておく。

不眠症　実際の睡眠時間に関係なく、朝起床時に睡眠に対する不満足感が強く、それによって身体的に精神的に、社会生活に支障をきたす状態

睡眠中の異常行動、身体症状を伴う睡眠障害　睡眠時無呼吸、むずむず症候群、など。

不眠の原因　心身の要因、服用中の薬、精神科の疾患、など。

睡眠の様態　入眠困難、中途覚醒、早朝覚醒、熟眠不能、など。

睡眠導入剤の選択　軽度、中等度、重度などに分類

この『随想録』にはその他専門的になることが多いので省略する。

よくある質問　認知症の昼夜逆転にはどうする？　トイレが近い、〝せん妄〟に対する睡眠薬、勤務上、夜勤明けに、睡眠剤は？　増量と併用薬？

12月1日

新国立競技場完成。元の始まりは、昭和初め、いや大正末期あたりの明治神宮外苑競技

場で、正確には1924年。私の生まれる7年前。来年のオリンピックのためのもの。3年の歳月で完成。1569億円。日本古来の木造りを基調にしている。年明け早々、天皇杯決勝サッカーに初使用とか。実際にこの目でみることは叶わない。

木枯らし〝凩〟は日本で作られた国字（俳句歳時記冬）。東京では、凩吹かずであったとか。二年ぶり。今冬は暖かいかもしれない。〝寒風の砂丘今日見る今日のかたち〟（山口誓子）。

12月3日

〈臨床様態12〉うつ病ブームである。かなり前から気づいていた。本当のうつ病とか新型うつ病とか区別されている。本来の「鬱病」についてコメントしておきたい。かって、鬱病は、生来性で、ある気質による感情の病として、精神医学の中心課題であった。詳細にはできないが、中年にさしかかり、一家の長となって、家を守り、子を育て、昇進し、頑張ってきた。幸い、息子も自立が近い。私は、〝節目〟と呼んでいるが、そういう節目を襲う病である。最近朝床離れが悪い。じっと天井を見つめ起き上がれない。昨晩も寝つきが悪かった。食欲も落ちている。自分が情けない、家族に済まない気がする。もうかれこれ2週間以上になる。なにか自分がダメな人間のようで、これ以上生きていても意味がないのではと思う。簡単にまとめると、以上がかつて私の経験してきた鬱病の一例のサマリーである。ところがこういう症例が減少している。そこに、気分の障害としては、やや不純と診断される人たちが多くなって、ややこしくなった。ここは、日記のなかであり、詳細にできない。結論的には、病気は社会の産物であり、病型は時代の影響をもろに受ける。ある病気が前提にあり、それに当てはまるかどうかというのはおかしい。社会の歩みがあって、病が生じる。鬱病概念にそぐわないから、鬱病ではないというのはどうか。時代・歴史を超越したうつ病診断基準は存在しないのではないか。予め、金科玉条に鬱城を構築するのは砂上の楼閣に過ぎないのかもしれない。

ちなみに面白い文言が、森まゆみの『千駄木の漱石』にあった。少し長いが引用する。

「憂鬱な若者たちを励ます漱石」の章に、漱石の書簡がある。日露戦争も終わって、一段落したものの若者の憂鬱感が巷間に漂っていた。若者に出された書簡である。「五円残ってるなら甘いものを喰ってどんどん運動をして将来に於いて世の中と喧嘩をする用意をして置きなさい」、「金を百円ばかり借りておおいに青楼に遊んでみたまえ。大抵の憂鬱病はきっと全快する。放蕩は長く続くものではない。放蕩をつづけると放蕩のほうの憂鬱病が出てくる。そうしたら、また勉強する。」、「金がとれて地位ができると憂鬱病も退散するだろうと思うがどうですか。僕なんか、百万円もらっても憂鬱病だね。呵々。」

以上の引用の意味合いをここに多くは書かないが、〝鬱病〟について、専門家として、考えさせられる巷間に奥深い人情があることなどを思った。

12月4日

卵の殻がむき易いのは、新鮮でない卵のほうがよい。炭酸ガスＣＯ２の有無が関係する。

学童の読解力に関する、世界における日本の順位がどうこうと報じている。無意味である。出された地域児童集団、比較の難しい言語構造、などなど、読解力は大切な課題であるが、順位が上がってどうなる、下がってどうなる、何を比較しているのか全く不可解。スポーツの記録とは異なる。

先日、ラグビーと俳句にはなにか親和性があり、サッカーのほうは、私の知るところ援用されていないように思った。さて、12月1日（朝日新聞）の歌壇に〝得点は5・3・3・2と知りし頃決勝となりて南アが王座に〟（長野県　小林正人）と出ていた。歌のほうにもラグビーは使われるようで、やはり、サッカーと違う詩情のようなものが、このスポーツにあるのだろうか。

幼児虐待、はては残虐非道な事件が相次ぎ、相応する若者の犯罪が後を絶たない。連日、あの件この件の求刑、判決がＴＶに流れる。困るのは、事件が多すぎて、ロートルの当方には、どの事件だったかが解らなくなり、共感に戸惑う。判別の解り易い表示は困難か。

気象情報の注意・警報などの地域を県別表示で見せられることがある。これはどうだろう。お役所的といってよかろうか。一度、〝山陰日本海側〟は雪とか見たことがある。どう考えても、備前・備後・備中地域のほうがよく、明治になっておかれた廃藩置県は、人為的区分で、地球歴史の歩みを反映していないように思う。気象もお役所仕事なのだろう。

12月7日

中村哲氏、凶弾に倒れる。アフガニスタンで長く活躍されてきたNPO「ペシャワール会」の現地代表。アフガンの3構造、つまり、政府側、タリバン、イスラミックステイツ紛争のなかで、政府側にあったために標的となり、計画的に襲撃されたようである。謹んで哀悼の意を申し上げたい。氏は精神科医で九大出身らしい。精神科臨床では、「いつも聞き役だった。」と言われ、後年の人道支援に向かう前提となっていた。氏についてはよく知らない。工藤恵さんの記事によると、一番好きな言葉は、「以一言、生涯守るべきことありや　それ恕ならんか」であったと。「恕」は許すことである。自分の仕事の結果を見て励まされる性格であると自己分析をしている。人の心を癒すには、相手に向かう自身の心を鍛えるのが第一歩であろう。

12月8日

開戦記念日。あの日、小学校、いや、国民学校4年時。備後東城の空は曇っていた。校庭で遊んでいてラジオ放送、「米英と戦闘状態に入れり」とかいう天皇の放送を聞いたように覚えている。記憶は成長するから、どこまでが昭和16年12月8日そのものの記憶かどうか。「校庭で遊んでいて聞いた」というところまでは憶えている。なにかが迫ってくるような不安が少年の心に起きた瞬間であったと思われる。

偶然、夕9時。「クラシック音楽館」にチャネルが合い、チャイコフスキーのバイオリン協奏曲を聴いた。樫本大進、チェコスロバキア・フィルの熱演で、久しぶりに、例のメロディーの繰り返しを聞いて感動。クラシックもよろしい。思いだすことがある。年月は、多分、大学教養学部の頃。当時、若者の衒いの時期であったか、毎朝8時、堀内敬三、「音楽の泉」（?）を漏らさず聞いていた。母が、〝どうしてあんなものをよう決まって聴くもんじゃ〟とつぶやいていたのを思い出す。どうも一度決めると、強迫的にこれに固執する性癖が若い時からあったということである。

12月10日
漢字学者白川静文化勲章受章者の記事（文学流星群：小山哲郎）。書棚に、氏の書物を2、3冊もっていたので、復習させていただいた。漢字の成り立ちはさておいて、現代最古の碩学は意外にフランクに何でも語ってくれる人らしい。今日ここに書くのは、氏が、なんと、かの日本のイチロー選手のファンだったとか。ここに共通点を書いても意味はないが、わたしもかなり入れ込んだので、毎朝ＢＳ放送を見ながら、４―２、４―１、４―０などと、診療録の片隅に鉛筆で書きこんだ。一昨年の秋頃だったか。イチローには、瘦身だがなにか威圧感があった。当の学者は意外に気さくな92歳の篭居だったと書いてある。96歳で死去されている。

12月12日

昨日の「イチロー」に書き足しておきたいことを思い出した。２０１６年の私の診療録の中に走り書きした、イチロー選手の３０００本安打直前の記録である。以下のごとし。

２０１６、6月27日　４―０
6月30日　５―２
7月3日　５―１　あと7本
7月18日　４―３　（２９９４）
7月22日　５―２　（２９９６）

8月7日　1―1（2999）
8月8日　4―1（3000）達成

12月16日
宇野―高松フェリーがついに幕を閉じた。最後に残っていた「四国フェリー」も終わった。自分がこの路線に深くかかわったのは、昭和58年から、瀬戸大橋のできる昭和63年ころであった。新設香川医大に赴任したからである。今回廃止に至ったのは、最後の「四国フェリー」で、自分が利用したのは、「宇高連絡船」だった。約1時間、貴重な時間を利用して、少々の勉強をしたのを思い出す。星和書店から出した、ニーダーマイヤー先生の「てんかんガイド」は、船上で訳出したといってよい。
宇高航路は、新聞によると、1910年（明治43年）国鉄連絡船に始まる。瀬戸大橋開通前の1987年度、1日約150往復で、約400万人を運んだというから驚き。「瀬戸大橋」の初期の交通料金は、往復で7000円前後だったから、大いに後ろ髪をひかれながら船と離別したのがなつかしい。これからは、今は賑わっている瀬戸内文化に役立ってほしい。

初冬の長雨のことを、さざんか梅雨というらしい。因みに、我が家のさざんかの生垣は、四十数年前、苗木を80本ばかり家の周囲に植えた。現在、２m近くなり、すっかりその外側が見られなくなった。風よけにはなっているかもしれない。家はボロだが、生垣はすばらしいと言ってくれる人もいる。

12月19日

瀬戸大橋　通年点灯することになる。２０２０年度、クールアースデー（７月７日）を除く３６４日。開通から三十余年を経て実現。

岡山の女子プロゴルファー渋野日向子、「最優秀選手賞」メルセデスLPGA AWARD。今年、なんといっても全英女子オープン優勝が効いている。国内4賞、賞金ランク２位。21歳。少し前に書いたが、今後の〝putting〟に浮沈がかかる。タイガー・ウッズが勝つときの、あの〝楽しむ〟境地にこれから何度も入れるかどうか。

12月21日

「文学流星群」（山陽新聞／17日付）に、エッセイスト須賀敦子のことがかかれている。実は、自分は彼女のことは知らなかった。ただ同じ世代、彼女は昭和4年生まれ。ほとんど同年齢で、イタリアが舞台の随筆で、『ミラノ霧の風景』で講談社エッセイ賞を得たようである。なにか一気に引かれるものがあり、さっそく河出文庫、新版の7冊を購入。なんと一日でアマゾン宅急便が来る。小山哲郎氏によると、彼女、〝どうしても嫌だった〟というのがトレードマークらしい。天邪鬼仲間だろうか。文庫本の装丁も気に入った。晩年に事を始めた本人に、紙面で直接イタリアを感じたい。

12月22日

「冬至」一陽来復　二十四節気の一つとなっている。北半球では一年中で最も日が短い。岡山の日の出は、我が家の窓から犬吠崎を眺めながら見ていると、6時45分はまだ暗いと思ったが、コーヒーを淹れていて、後ろ東を振り向いたら白々と明けていた。古代中国では、陰が極まり陽が復するとして、「一陽来復」という。

12月25日

柳瀬和之氏の「干支」についての解説がある。干支というのは十干十二支の略。子、丑、寅、卯、辰、巳、午、未、申、酉、戌、亥。十干は俗にいう、例の甲、乙、丙、丁、……。干支のスタートは、「甲」と「子」が巡り合った年で、60年に一度めぐってくる。還暦も60年で元に帰る。高校野球あこがれの甲子園は、大正13年（1924）、甲と子が巡りあった年に落成した球場ということらしい。直近では、昭和59年（1984）。この干支は、最近では、我が国と東南アジアくらいで使われているだけであると。「子」は「ネズミ」で、たくさん子供を産む。最近はどうかよくわからないが、繁栄の象徴。どんどん増えるのは〝ねずみ算式〟という。猫の年がないのはどうしてだろうか？「寅」があるからかどうか。いいことが増えるように祈りたい。(12月19日：山陽新聞)。

12月27日

吉備真備（きびのまきび）の筆跡が見つかったとか。随分超往時の話。本当らしい。中国の広東省にある博物館が書誌を分析し、末尾の署名を真備のものと断定。「日本国　朝臣備書」と端正な文字が見える。吉備真備といえば、自分にとっては同じく随分古い記憶になる。大学受験で、

「社会」は、日本史を選んでいた。真備が7～8世紀の遣唐使で備中の出身であることが、記憶の断片。懐かしく思い出した。吉備真備を知らないようだと歴史の点数は悪くなった。

気象予報士の発言（NHK）
今年の気象異変はすさまじいものがあったといい、気象庁の発表に人間臭い発言が印象的だという。〝一気に世界が変わる〟、〝人の命を守る行動を〟、〝狩野川台風に匹敵する〟などは、通常の官庁スタイルの発表ではなかったと。同感。

今年の一番の用語は、one teamとなった。ラグビーは、サッカーを抜いた。サッカーがどうも世界で勝てないので、皆さん目をそらしてしまった、ラグビーのほうへ。

12月29日
元号案依頼は、やはり、中西進氏であった。いつか氏とメディアとのインタビューの時、その対応の際の中西大人の振る舞いは明らかに出所が自分であることを語っていたと私は思った。出典は現存する日本最古の歌集「万葉集」にある『梅の歌の序文』からの引用。確か次のようなものであった。（走り書きのメモで不確か）。

『初春の令月にして　気淑く風和らぐ　梅は鏡前の粉を披く　蘭は珮後の香を薫らす』

後日譚（令和2年5月3日）中西進著『卒寿の自画像』東京書籍を読む。表題の下に、〝「令和」の考案者は私と同じ名前なんですね〞と思わせぶりに書かれ、本文は、氏の半生が自慢話を交えて語られ、終わりに向かって、令和命名者の告白があからさまに語られるという次第。そのための本のようである。まあそれはそれとして、万葉集巻第五梅花の歌三十二首併せて序の読みし文をここにもう一度書いておく。

「初春の令月にして、気淑く風和らぐ、梅は鏡前の粉を披く、蘭は珮後の香を薫らす。」

現代語訳　新春の良き月、空気は美しく風はやわらかに、梅は美女の鏡のまえに装う白粉のごとく白く咲き、蘭は身を飾った香の如きかおりをただよわせている。

12月30日
〝牛肉値下げ〞。日米貿易協定により、トランプのごり押しに屈したか、牛肉にしわ寄せが来た。日頃、〝牛肉〞は、高いと思い避けていた。上質は柔らかでいいが、普通のはかたく年寄りには不向きである。幸い、これまで、山形に吉川淳君という「てんかん学者」がいて、医科歯科の宮坂大人以来の友人、なにかと気をつかってくれ、米沢牛の恩恵にあずかって長い。岡山には、〃千屋牛〃で知られる上質ものがある。ともかく、今回の値下がり、我が家にはあまり関係ないような気がする。もともと、日本の〃ステーキ〃はうまいということになっていた。わが書斎に古ぼけてしみに汚れた、『味のある旅』（おおば比呂司、昭和49年）にも、すでに〃和牛〃の文字が見えるし、〃日本で味わうステーキのうまさは外人さんがよく知っている〃と書いている。安くなったから買うとかということもあまり影響はないのではないか。

スペインのガウディの塔。中央にそびえるさらなる尖塔の完成に向かう道程の解説を見ていた。色彩のgraduationで紫色の描出に向かう難しさが、解説された。夕日に焼ける色鮮やかな西の空。人間の作るものには境がある。自然が作るものには境がない。人の心の病には、人の作った境界がある。だが、病の別には色彩グラデーションのごとく、そこには境界はない。

12月31日
〈酒やめて　することもなし　年の暮れ〉。蕎麦はそれらしくして食べる。紅白は、珍しくほとんど全部見る。除夜の鐘、わずか耳に残る。酒なし。
令和2年　米寿変わりなしとする。

1月1日
「謹賀新年」　年賀状は差し出していない。100枚近く貰った。有り難い。なかには、その後どうされているかと思う御仁もあり、返礼しようと思う。年が改まるのは、〝劃する〟のをもって、明日を思うこと。癌を病む人が余命を口にする。老齢になると、健康寿命には、期日不明の余命が定められているのであろう。明日かもしれないし、もっと先かもしれない。どう定めようと、自然界には透明の区画があることは間違いない。
おせちは天満屋の一重。1万5000円。簡単な雑煮。(魚は例年どおり、ブリ。ほうれん草、ゴボウ、などで)。早朝、居間の室温、9度。外は、0度近辺だろう。岡山は〝冷える〟。

福岡伸一分子生物学者の〝青〟の講義を見る。仁淀川のブルー。青い淵に輝く青い水。手ですくえば青は消える。光の業である。カワセミの毛一本を取り出すと、青くはない。空中を飛翔している時にはあの鮮やかな青い色を見せる。黒い羽根のカワガラスは水中で青くなる。30億年の進化を宿しているそうである。仁淀川は、四万十川をしのぐ高知の清流、すでに青の渓谷として知られているようである。

例年、寒に入ると、岡山の冬、特にわが家は山上の丘、冷える。マイナス3度くらいにはなる。いつもどこか温暖の地で、1月・2月を過ごしたいと思ってきたが、果たせない。来季こそと、この年になれば、さらにその思いはつのる。『寒に入る親しきものに会ふごとく』（石田勝彦）。

1月4日

須賀敦子（エッセイ／’57～92）「想像するということ」のなかに、「やさしい」ということは、「自分の身がやせるまでに人のことを思う」意味だと書いている（出典はあるらしい）。ここには、〝勘〟のことも書かれている。人との付き合いで大切だが、勘違いになることも多い。勘を系統的に伸ばしていくのが想像力。他人の立場に立ってその人を理解する、結構むずかしい。

1月6日

「小寒」。今冬は、まだ零下の朝はない。自分にとってはよろしいが、報道はすぐに地球温暖化というかもしれない。後で出勤するとき、庭の甕にうっすらと氷が見えた。ほとんど0度ということか。北海道十勝地方に、煙霧とか。早春に見られる現象が寒に見られたのでニュースになったよう、これも暖冬の現れ。

東京豊洲市場、青森県大間産のクロマグロが、1億9320万円で落札。1キロ当たり、70万円。それでも2番目の高値らしい。自分にとっては、まったく無関係だが、物の値段とか、暮らしと経済に置き換えると、人生観につながるものもあり、無視できなくなる。食べたい、うらやましいなどとも思わない。ただ、そういう価値観で自分の人生がある人たちがいるということに、むしろ、ある感慨がわく。食生活ということになると、明日は、七草粥で節句のひとつ。マグロにも、詩はあるのか。

メモ　言葉に妙味。〝適当に〟（五木寛之）、〝確かに！〟（孫がよく言う）、〝おかげさまです〟（出典？）。

1月8日

季節「牡蠣」は、古くから俳句の季語になっている。知らなかった。山口誓子の句に、『生きている牡蠣その殻のざらざらに』があり、歳時記に載っていた。今の牡蠣を思うと、大正・明治のそれはすこしイメージがちがっていたのかも。

〈臨床様態13〉〝こだわり〟が、臨床様態となることについて今日は述べたい。こだわりはかなり一般的にみられることであるから、なにも病気として云々することもないと思われるかもしれない。例えば、不潔恐怖をご存じであろう。電車のつり革がもてない。帰宅すると、手指の洗浄を繰り返す。皮膚が赤切れになっても止められない。ガス栓も〝閉めた〟を口にして繰り返し、いったん外に出るが、もう一度帰宅して、同じことを繰り返す。口の中で、相手の言葉を繰り返し唱えたり、もらった薬を何度も取り出して服用の確認、それも錠剤の種類を、医師に何度も確認し、離室ができない。その他にもあるでしょう。程度の差があって、直ちに助けを医師に求めるわけではない。ほとんどの人が、こういうことがあっても、クリニックにはおいでにならない。症状は、強迫症である。自分では、その行為は馬鹿げているとしながらも、拒否できず、やってしまっているというのが実情であろう。こだわり症候群である。暮らしの上で、随分ありふれた人の、いわば、癖に類する。なんとか自分で処理しておられるのであろう。こういう事象があるということを知っているだけで、気持ちが楽になることもある。私の前においでになる場合、特に何か特効薬があるわけはなく、なんとか話し合っているうちに折り合いがついてくる。ひどい場合には、あれこれ付随する症状も出てきて、入眠剤、漢方薬、抗不安薬などを処方することもある。かなり病的といえるものもあり、行動療法というやや専門指導があるが、別の機会にしたい。付け加えると、実はこだわりが、ウツ病のひとつの症状であることもあるということ。

1月10日

米・イラン角逐の今朝のニュース、「トランプ氏報復見送り」の〝氏〟はどうも気になる。

〝トランプ大統領〟とすべきだとも思う。これでいいのだろうか。一私人が事に当たっているような印象。万事、アメリカは、トランプ国なのだろう。現職の大統領が〝氏〟と言われてはどうかと思う次第。

「謹賀新年」などを書く時、〝謹 新年〟などと書いている。これも、けつまずく運動障害に相当するものだろう。息子の友人の名前を今朝急に思い出した。鍼灸をやっている若手。私の診ている人を紹介したかったが、その名前が、4～5日、どうしても出てこなかった。早朝、寝床でひょっと出てきた。記憶は場違いでひょっこり顔を出す。

〈TV〉「街歩き」ワイマール。ワイマールは〝聖なる水〟の意だと。出てくる御仁、みな哲学的な発言。さすが、Goethe（ゲーテ）の生地。ひとりひとりの意見がある。〝人生を探る人がここに集まる〟と。〝内なる視線〟などという言葉もあった。他の「街歩き」と少し異なる。

1月12日

〈TV〉2題。

HDS（長谷川式簡易知能検査）の創始者、長谷川教授が自らNHKに出演し、自分の病歴を披歴した。生前、精神科教授仲間として、何回か学会でお会いしていたので、何とも言えない戸惑いと感慨を覚える。氏の認知症タイプは、一昔前の診断学でいう「ピック氏病」らしい。嗜銀球という組織変化がみられるタイプ。モリアという特有の気分の高揚があり、多幸感が流れているのを感じた。氏の特有の能弁が随所に出ている。残念ながら、近時記憶に侵襲が強い。家族の困惑、言葉なし。多少のコメントが許されるとすれば、氏の状態、現在90歳くらい。四肢の衰えもあり、高齢である。氏の教養が現症に混入し、当惑の表情。高等感情の表出が見える。これは〝病気〟なのか。人の自然の成り行きの一典型ということではいけないのであろうか。人の死は、身体と脳の共に衰えるのがよろしい。そのバランスを失うと、脳の場合、認知症となる。

「自宅」で飼育されたホッキョクグマの20年に及ぶ実録。シロクマ・ピース。生後、動物園で親熊が自力で飼育できず、この記録に登場している方が、自宅に引き取り、隣家に気づかれぬようにして数か月、家族とともに過ごさせたという驚くべき記録。授乳に成功し、まるで、人の赤ん坊のように飼育するその様子は実に感動。ピースは、次第にまるで人の子のように甘え成長する。園の中で過ごさせるべく別れの時の、あのせつないピースの夜の鳴き声。こどもを預ける人の親のごとく、切なくなる。20歳になり巨体となっているが、今なお、幼児の時の甘えの鳴き声や、採血（検査のための）に応じることの理解力。印象的。丹念な実録であった。

1月13日

〈山陽新聞〉〝世界で最もうるさい鳥〟のレポート。アマゾンに生息する「スズドリ」という鳥が、耳をつんざく125デシベルの大音量を出して求愛するそうである。飛行機の離陸時の音量に相当すると。この雄は奇妙な、嘴から垂れさがった細長い組織の発信装置をもっている。アマゾンの奥深く、どうしてこれほどの音量が必要なのか。研究チームは、「これを聞く雌鶏がなぜ我慢できるのか不明」というコメントを書いている。私の見解では、資料はないが、このスズドリ自体が減少していて大声を出さないと、遠方までなき声が聞こえないか、突然変異が固定していったかなど考えてみた。報告は、米マサチューセッツ大学なので、私の方は素人のつぶやきとする。それにしても、写真の垂れ下がった長い組織は、〝舌〟なのか、平素は邪魔だろうなーと思ってしまう。年中求愛してはいないだろうから。他にメリットがありそうである。

1月14日

〈TV〉「チコちゃんに叱られる！」。主題の一つに「産後の婦人はどうしてイライラするの？」があった。解答は、「今人は集団生活をしなくなったから」だった。これがこの番組のいつもの手法。〝ホルモンのバランスが変わり、脳神経のコントロールが失われる〟では正解ではない。因みに、簡単に言うと、ホルモン・エストロゲンの減少とオキシトシン分泌過剰となり、〝集団生活で、共同で子育てができない、お互いをカバーすることができないから〟というのが正解だった。ある記録の実態があり、その実録に合うことを述べなければ正解には達しない。この回答応用がこの番組の特徴。どうも、〝ボーっと生きてんじゃねーよ！〟と言われるほどの馬鹿さでもないように思えるが。この種の答弁を心得ていても、問題のルーツというか、文化背景のほうを答えないといけないらしい。もう一つ気になるのは、森田アナの、〝……日本人のなんと多いことか〟という常套弁。もう一つ、解答説明人の〝……5歳児のチコちゃんが、そんなことまで知っているの！〟という讃辞。少々大げさで、ボーっと生きてんじゃねーよ！はどちらのほうか！

1月15日

今冬は寒くない。蒜山（ひるぜん）高原ですら例年に比べれば、まだ数センチの雪らしい。しかし、我が家の朝、本格的に冷え始めている。戸外の庭、0度±で、例年の氷は、今朝もない。歳時記によると、寒の入りから立春の前日までの、およそ30日間を寒。寒に入って4日を寒四郎、9日目を寒九というと書いてある。こういう区切りも寒さに耐え、春を待つ庶民感情の表れとみるのであろう。

内田百閒は、中学時代から俳句をよくしたが、もちろん当時岡山は森下町にいた。自分の周囲と似ている見聞をしてきているので、句にその背景があろうと思う。「この丘に宵々のはやて春を待つ」、この丘は、東京は目白の丘らしい。「滾々と水湧き出でぬ海鼠切る」、「山茶花に古縄を焼くほのほ哉」、我が家にも合致する風物詩。百閒は、〝岡山は平野を吹き抜ける空っ風が冷たく、南国なのに冬は寒い〟といっている。同感。

1月17日

阪神・淡路大震災、今日で25年経過。あの時、香川医大病院長職にあり、淡路のほうに職員とともに赴いた。地震当日、高松屋島西町の職員住宅に単身で、早朝5時46分寝ていた。官舎は大きく揺れ目が覚めた。報道はそのあとすぐに、チラホラと見える災害地の火を映していた。それが歴史に残る大災害の狼煙のようだったが、その時点ではこうまでひどいことになるとは思わなかった。

このあと、東北で大地震、大きなエポックを人生二度、原爆被爆を合わせると三度、いわば出会いとなった。この奥には、「時」の持つ、刻々の秒刻みが大声を出して天空にこだましているのであろう。

日本列島、100年に一度は、大災害が来るといわれてきた。昨夜、浜名湖のウナギの話題を聞いていて、多分、豊和(?)の大津波時に、堤防というか、海浜の土手が流され、その間隙から、今の浜名湖に汽水湖(塩水と淡水の混じった湖)が誕生した経緯を知った。そして、単位の違う次元にも出会った。地質年代に〝チバニアン〟が名付けられたと。46億年の地球史。約77万年から12万年前の地層には名前がなかった。今回、千葉県市原市にその痕跡が明確に認められ、千葉県、〝チバニアン〟と命名が決定された。寸刻の時の流れ、秒単位で襲いかかる地変、そして対面には、悠久というかその限界を超えた次元の露呈、天空を見て限りない寂寥を覚えた。

1月18日

朋友平田潤一郎死去。ついに逝ったか。最後は、気力が潰えていった。一昨年頃、飲んでいた席で、私の言い分に耳をかさず、〝もうそのようなことはよろしいが〟と、すべてを無にそらすかのような表情で、〝もうあくせくは止めましょうや〟と、嫌悪の表情を露わにしていた。あの頃から、下降し始め、気力がダウンしているのを見た。特有の岡山人で誇り高き人だったが、問題意識には個性があり、一匹狼を貫いたともいえる。家庭に複雑な背景があり、長年悩んでいたこともある。5年年下だが、小生のもっとも近い友人のひとりであった。冥福を祈る。

1月20日

「初雪遅れ更新」。暖冬も極まれりである。統計開始以降、これまで、1月19日が最も遅い初雪だったようである。これから大寒に入るが、当分寒気は来ないようである。さらに更新するだろう。南岸高気圧が、例年よりもはるか南岸を通過しているからだと。蒜山あたり、雪まつりの行事を中止したというから、大変な異変である。

〈水瓶に手を入れてみる初氷〉

〈手水鉢手で触れてみる初氷〉

1月23日

書籍紹介で、三ツ木茂『荷風を追って』(1945年夏)を少し前に見ていたが、今回、〈TV〉「健康診断」、〃英雄たちの〃で、荷風を取り上げていた。そこで、書斎に岩波の埃を被った「荷風全集」を引っ張り出し、『墨東綺譚』を改めて読んだ。例を見ない身辺雑記のすばらしい数行があったのでそのまま記載し、あとで、荷風の精神科診断を書いておきたい。

「……年々見るところの景物に変わりはない。年々変わらない景物に対して、心に思ふところの感慨も亦変りはないのである。花の散るが如く、葉の落つるが如く、わたくしには親しかった彼の人々は一人一人相ついで逝ってしまった。私も亦彼の人々と同じように、その後を追ふべき時の既に甚だしくおそくない事を知ってゐる。晴れ渡った今日の天気に、わたくしはかの人々の墓を掃ひに行かう。落ち葉はわたしの庭と同じやうに、かの人々の墓をも埋め尽くしているのであらう。」（『作後贅言』の末尾）

荷風は、今朝の報道では、「過敏性腸症候群」に発し、79歳死亡時は、「肝硬変による胃静脈瘤破裂」だった。納得である。青壮年時に見られた胃腸の不具合は、彼流の生活習慣、偏屈な人格、それに伴う孤独、食生活のアンバランスによる心気症（過敏性大腸炎）であった。ついで、肝機能障害、脂肪肝を経て肝硬変に移行していったものと思われる。若くして係留していたのは胃腸系心気症による愁訴であった。

1月26日

「歳時記」に異常がある如く、年6場所の正月東京場所に大波乱ありということになった。12～13日目のころ、おかしなことになっていると思ってはいた。徳勝龍は幕尻17枚目。ついに、結びを、しかも、〝千秋楽にございます〟を務め、貴景勝を突き落として優勝。決戦にならず、正代がっくり。幕尻優勝は、なんと、20年前、貴闘力がやっていたそうである。奈良県出身。高知は明徳高校、近畿大学を経て、稀勢の里と同期、花の61といわれたが、パッとした存在ではない。突然変異。このような出来事はどうも人知を超えて神がかりとなる。〝自分のようなものが優勝してよいのでしょうか〟と言う。その裏で、〝優勝は意識していなかったというのは嘘です〟とも言った。人間の本音とはかくのごとし。入門時の記憶が突如沸き上がり英雄の境地に至ったのであろう。「乗る」、私の言う、「境地」に達したものが勝つの原理。この「米寿日記」はすごい出会いをもったぞ！

1月28日

国宝「山鳥毛」、備前の刀「太刀　無銘一文字（山鳥毛）」が備前長船刀剣博物館に収まった。故郷納税で寄付を募っていた事例。今回、目標額の5億円を上回り、瀬戸内市の所蔵となったということ。〝山鳥毛〟は、備前刀の大流派・福岡一文字派の最高傑作とされ、鎌倉中期の名刀であると。戦国時代、上杉謙信の愛刀であったらしい。刃文が山鳥の羽毛を連想させる変容をもっている。１９５２年、国宝指定されていた。謙信ゆかりの新潟県も欲しがっていたが、今回岡山県長船に決着したようである。寄付総額は、実質5億円超であった。〝日本人と刀〟は、因縁の代物であるが、地域の人の意識とどう繋がるのであろうか。

〈TV〉〝CG〟のすごさを見た。成功した御仁の、いわば、ハリウッド裏方スターの人の創出。コメンテーターの、〝CG〟の凄さに感嘆する言辞の繰り返し。CGは、common gatewayのことか、いや、computer graphicsのことであったろう。結局よくわからなかったが、表現の凄さはよくわかった。細密と豪放の展開!!と言えばよろしいか。

1月31日

このところ、中国産の汚染、コロナ・ウイルス肺炎が猛威。わが方、持病があるので不安。この戦い、相手を攻撃できないのが弱み。武器の無い戦争。砂上の楼閣という言葉があるが、狭いわが列島を鎖国並みに閉じるしかない。ノーベル文学賞作家イシグロの『充たされざる者』を想起する。武漢の商店街の映像は、急速発展に追いつけない昔ながらの汚い街路が映し出されていた。なにか、ちらりと、報道されていたが、蝙蝠がバラマキの祖らしい。何でも食べる食の大国に、ボディーブローが続く。北京もお腹が痛いであろう。

「痛み」について、ここに付け足しする。コロナには関係ない。人の「痛み」が、森まゆみ『子規の音』によく書かれている。子規の書いた〝痛み〟の記述が、子規ならではの記述となっているので書いておく。「せめては一時間なりとも苦痛無く安らかに臥し得ば如何に嬉しからん、とはきのう今日の我希望なり。……希望の零となる時期、釈迦は之を涅槃と言い耶蘇は之を救いとやいうらん」、「背痛み、横腹痛む」。子規、死亡の年、明治三十四年であった。

2月1日

岡山市、今日初雪。平年（12月18日）より44日遅く、気象観測以来の記録。降ったとはいうが、よく見ないとわからない程度、霙という方がよいか。立春の直前である。3日頃を節分。豆まきもしないが、邪鬼を払うの儀は思ってはみる。ヒイラギ（柊）といわし。鬼はイワシが嫌いとある。イワシはすぐに鮮度が落ちるので、ヒイラギの小枝に刺し、臭みを出して鬼を追い払う。現代のウイルスには無効か。

〈TV〉茨城大子町は、盆地でよく冷えるとか。袋田の滝にかかる氷花、凍み蒟蒻が紹介された。また、ここの楮（こうぞ）は、優れもので、ほかの県の和紙作りにだされるらしい。思いだすことがある。10歳前後の小学校時、勿論、戦時下、郷里の隣村に、この楮とりに駆り出された。お国の紙幣になると教えられた。郷里の東城も冬季は冷える。使命感を胸に頑張った子供の頃を思い出した。こうした折々の記憶の想起というのは、脳科学からすると、どうなんだろう。楮、〝コーゾー〟と当時言っていたことも憶えていた。冬の早朝の温度にしても、母が、今朝はマイナス7度だったと言ったのも何故か憶えている。そして、当時の備後東城の地で、井戸水は真茶色〝まっちゃいろ〟で、濾さなければ飲めなかったこともまざまざと記憶にある。この郷里の地方は、土地の砂鉄含有率が高く夙に知られていた。子供のいわば歳時記であるが、どうしてそんな断片を海馬は保持しているのか。70～80年たって子供の心にも残るようなインパクトだったのであろう。砂鉄を含んだあの錆びた茶色、井戸水をくみ出し入れ込んでいたコンクリートの容器、みな色彩をもって脳裏にある。記憶は今特に現在の課題である。当方の88歳という現実と、この私のところに来る同時代のご老体には、常に日時認識の問答が繰り返される。心に残るできごとでないと、それはすぐに忘却されるであろう。だから、こうして生きられるのかもしれない。意味のなかった昨日の日時、何を食べたかの想起など、忘れて当たり前のことだろう。

〈楮はいつか遠い寒の和紙〉

2月4日

〝暖冬〟の締めくくり。記録軒並みと新聞は言う。1月の平均気温は平年を3・4～2・2度上回り、3月なみだった。岡山の平均気温は、岡山市で7・1度（平年4・9）であった。シベリア方面の寒気が南下しにくいらしい。北部は雪不足、客もまばらで閑散と、この方は寒々。当方、冬嫌いでちょうどよろしいが、異変というのはなにか不安を招くし、コロナ肺炎の猛威も遠くなく気味悪し。外出が怖い。2月はどうか。時期的に、寒くはなるが、こういう年はこのまま春が来る。年寄りの期待通りに。

2月6日

暖冬下、寒波が来た。山陰は雪らしい。当然のこと。少し前、和紙の思い出というか、寒気の紙漉きのことに触れた。津山にも、上横野というところのミツマタ「川ざらし」が今年初めて行われたそうである。この地区の横野和紙は、上田繁男さんの作のみとなっていると。元、この和紙は津山箔合紙と呼ばれる。岡山郷土伝統的工芸品に指定されている。古文書修復のためにドイツやカナダに輸出され、東京五輪・パラリンピックの大会記念品で、レターセットとして、各国の元首などに贈られるそうである（山陽新聞：2・6）。

2月7日

〈臨床動態14〉先月、「こだわり」について書いた。さらに付言したく、思いだしている。定年退職し、知り合いの老医から依頼され、四国徳島のある老婦人を診た。昭和5年生まれで、当時、70歳。それより前、香川医大で社会精神医学を手掛けるべく、四国・九州に多く見られた犬神俗信の研究を始めていたこともあり、この老婦人を紹介された次第であった。さてこの老婦人、〝霊柩車が通ると、なにかに憑りつかれているように感じ〟、落ち着かなくなる。烏が啼くと、穏やかではなくなり、近隣に不幸が来ると震いが来る。手洗いが頻回になり、傍を人が通っても手を洗う。洗浄には1日1箱使ったりする。何から始めたのか気になり、初めからやり直し、着物の着脱をはじめから何度もやり返す。……などである。わたしは、内心唸った。こういう人はもう今日居ないと思っていたからである。この人は、5~6年前、網膜剥離の手術、乳がんの手術を受けていた。この初診時には、身体の不調はなく、以上のような告白にはきはきとしっかり述べられていて、むしろ元気など老体を感じた。私は、十分なお近づきを得るため、ともかく、月1回、お会いしましょうかということにした。薬をくださいと言われる。自分の言い分を病気と思っておられるのかどうかは、その場では、糺さなかった。約2年くらい、外来診療で面接を繰り返した。そういうご本人の体験については、本質変わらなかったと思う。つまり、同じような強迫観念を持たれていたようである。しかし、受診されることによって、多少とも不安がやわらげられていくのが感得された。途中明記しなかったが、〝とり憑く〟ということについて付言する。この婦人、事の始まりに、犬神俗信に見られるような体験を口外している。つまり、近隣に上品な奥さんが引っ越してきた。科を作ったり、ほほと笑ったりする。その人に見つめられると人が変わる、など。まるでかっての〝筋の人〟という、俗信そのものであった。それで、今日なお存在する現象にやや愕然とした次第。因みに、この老婦人、認知症ではないことを明記しておく。

2月8日

新型肺炎感染問題、なお拡散、終息には遠いらしい。不気味で不安。中国の眼科医で武漢出身の医師が1月中旬、すでに、警告を発していたようである。この医師が、昨日死亡。詳細をしらないが、中国という国の持つ長く古い歴史を表すエピソードといってよい。伝統的な食生活、13億の人口、強制的なまとめを強いる共産党独裁、急速な拡大政策、どこかに歪！　不潔という先入観が当方にある。偏見だろうか。

日本人の「ハワイ」移住は、明治元年とか。２０２０―１８６８＝１５２年前。広島県人が多いと、昔から、子供の時からきいていた。

我が家の周囲には、もちろんカラスが居住していて、特定のつがいが、常に私と対峙している。昨日、不用意だった！　バラに施肥と思い、購入していた油粕をつい庭先に放置していた。わが留守を狙い何か所も嘴で破り、まわりに固形肥料が散乱。食べてはいなかったようで、なにか、当たられたようで、ますます嫌になる。いい加減にしろと言いたい。

県北に雪。スキーヤーに朗報。これがニュースになる暖冬。しかし、いつも思う。振り返れば、天気は同じことの繰り返し。多少の変化をもっている。地球の温暖化という次元の話は、個人の一生とは無縁だろう。思いだす。父は80歳近い日、雨の寒々の日に死んだ。当時は、同門の若い人たちが、一等親の死ということか、遠路、備後東城まではせ参じてくれたのを思い起こしている。当日、ショボショボの冷たい雨だった。2月になると、南岸低気圧というものがあるらしく、3月に近くなるとこういう雨が通り過ぎる。
〈しょぼしょぼと降る雨もあり二月かな〉

魚『鱧（はも）』の旨い味のその裏話。この牙の鋭い御仁、海底粘土質に居住するらしい。やや飛躍してくるが、三波川変成帯とかいう日本最大の中央構造線に位置する断層には、結晶片岩がある。これがかって、吉野川が瀬戸内海にそそいでいた数億年？前、海底には結晶片岩から粘土質の泥状帯となり、ここに、この「鱧」が家をなして来たという話。

「正岡子規と仲間たち」（岡山・愛媛文化交流事業）。子規の最後『糸瓜（ヘチマ）の水も間に合わず』、竹田美喜氏（松山子規記念博物館館長）の講演を聞く。壮絶と言えばよろしいか、子規の結核との闘い。多くを書くこともつらい。最後には、眼球にも、口腔内にも化膿すすみ、糸瓜の水がよろしいと、庭に垂れ下がる糸瓜を求めていた。「仰臥漫録」明治34年には、『秋の蠅追えばまた来る叩けば死ぬ』、明治35年の「蠅」には、『活きた目をつつきに来るか蠅の声』、何とも言い難い。34年10月3日「古白日来」には、小刀で喉、心のなかを取ろう取るまいと戦っている、考えているうちにしゃくりあげて泣き出した……、自殺企図。当時、麻痺剤が頻回にうたれていた。

子規の真の友人は、夏目漱石と岡山の大谷是空であった。ロンドンの漱石に対して出した返事の手紙も病床にあった子規の無念さが見える。「僕はもーだめになってしまった　毎日訳もなく号泣しているような次第だ……僕が西洋を見たがっていたのは君もしっている　だろう。それが病人になってしまったのだから残念でたまらないのだが、君の手紙を見て西洋へ行ったような気になって愉快でたまらない（一部改変、講演者の原稿はカタカナで書かれている。）

こうした傑出人がわずか31歳でこの世を去る。当方、無碍にして怠惰の88年、何というべきか。人生何をなすべきか。たとえ子規のごとく短命であっても、死すにあたっての思いに価値の差あり。しかし、彼が苦しみの中に死を迎えたのがなんとしても悲しい。

少し前だったか、野球の金田正一が死亡。そして、野村克也が心不全で亡くなった。いずれも全く自分と同世代。若いころ、彼らの全盛期のすべてを見てきた。いずれも80歳を超えて矍鑠であったことをなぐさめとしたい。

2月13日

次男の誕生日。小豆島特産の極上オリーブ油と荏胡麻の上等品を送っておく。春はウグイスというが、20度近くまで上がっている。このままでは終わるまい。このところ、新型肺炎が報道を席捲。風評被害、いわば、PTSD(※)ばりの動揺不安が渦巻いている。高齢者は特に危ないという。肺炎既往があるだけに、心中無視しえない。来月の東京行き（講演）までには、終息してほしい。

（※）外傷後ストレス症候群

国会は首相がやじをとばしたと騒ぐ。その場面を見ていたが、自分は、野次のほうは、あの猛女が言ったものと思っていた。総理に、「腐った鯛」とか、どこかで仕入れた格言をもろに首相に言うのだから、この種の〝意味のない質問〟のほうが、野次だと思っていた。こうした口の立つ人間のめざす目標は、国民の求めるなにを代弁しようとしているのか。この方も、一度、問題を起こして立場を変えたり、あれこれ右往左往したことがある。この際、安倍さんは、謝っておいた方がよかろうと思う。〃腐っても鯛は鯛〃（森山委員長）というような言い返しもある。しかし、その人の面前で、「腐っても鯛」というのは、きわめて失礼な言い方であると成書には書かれている。

2月15日

「認知機能検査」のため、円山教習所へ。思いだしテストで、思惑どおり点数が出ず、3時間組になり、予期しなかったわけではないが、患者諸氏にいつも実施しているものでもあり、ややショック。免許更新は可能だろうが、息子の言を入れ、ここで、免許辞退に踏み切ることにする。7月7日まで乗り、終焉したい。そう結論する。やや、憂鬱の感ぬぐえず。追記：絵の思いだし想起は、4x4の絵に、物語というか、作話を入れて憶えるのが肝要。名前の追想は無理である。〃あれあれ症候群〃で既に以前から診断済み。名前を記銘しようとせず、絵を思い出すが肝要。

新型コロナ肺炎、昏迷の域に。3月の上京、千里阪急のてんかん会議、いずれも敬遠したいような気持ちになっている。

2月22日

日時は今不明だが、先だって山陽新聞の「文壇」に、河盛好蔵が取り上げられていた。私の学生時代、昭和20年代後半から30年にかけて、わが文学逍遥の時、この河盛好蔵は印象に残っている。偶然、紙面で想起となった。大阪堺の出身で、京大、仏文学。当時すでに50歳くらいの文壇の名士であった。作品よりも一家言のある評論家というイメージだった。そして今、その著書をインターネットで購入する時代になっている。アマゾン宅急便が、『人とつき合う法』を、一日で、目の前に届けてくれた。本は、2002年初版の新装版。もともと、昭和33年（1958）初版である。昭和42年、文庫本となり、そしてこの書に至ったということ。手にしている書は、文字も大きく読みやすい。一気に読んでしまったが、氏の軽妙洒脱、明快な切れ味に感服している。この方が、文化勲章受章は知らなかった。評論はまことに常識的平均的な切れ味で、評論にありがちな難解頑迷さがなく心地よい。『人とつき合う法』の読後のわが纏めはこうなる。

〟人は自分の意図を表現しようとする時、別にもう一人の自己像を持つ必要がある。その分身にその都度自分を映し、分身の側から改めて自分を見る。これを繰り返し、物事の本態を定める。〟

新型コロナ肺炎、いよいよ各地、各国に広がってきた。韓国、教会関係から拡延。一気に２００名が罹患。疾患のもつ重篤さに比し、汚染被害のごとき風評のほうがひどい。年寄りが危ないが繰り返されている。私の方も、会合への出席、東京行き（講演）、取りやめに決定。先方の承諾をもらう。

2月24日（振替休日）

総社の書家高木聖鶴、文化勲章受章者の言　〝足らん、足らん〟といつもぼやいておられたとのこと（吉備路文学館）。

「いじめ」はやや聞き飽きたというか、事の重大さは理解しているつもり。この問題は、自分の次元ではもう古くからあったという認識にとどまってきた。以前からいつの時代にもあったということである。加藤周一に『夕陽妄語』があり、１９８４年から、１９８６年にかけて、「朝日新聞」夕刊に連載された。そのなかに、『「いじめ」流行』を偶然わが書斎に見出した。辛口の氏の言、めくってみた。この〝いじめ〟は、小中学校で、殊に1985～86年にかけて流行しているが、すぐにまた収まるだろうと言う。そのあとには、弱い者いじめの話、軍隊におけるほとんど制度化された事態であったことなどが書かれている。また、「ムラ八分」という集団的弱い者いじめにも触れられている。こうしたこれまでの「いじめ」は、正当化され、集団の名において行われた。されるほうも我慢の中で自らの変身を期すがごとき様態として受け止められてきたと。2020年の現在に至っても、「いじめ」は絶えない。少し様態が異なってきている。以前の多数派とか少数派とか、集団原理といった様相は今は無い。かっては、「みんなでいじめる」ということであった。「弱気を援ける」という助っ人も今は無い。社会規範のない、崩壊家庭の稚拙な「行為の障害」という臨床的次元になっている。

フランス文学の出口裕弘氏のことはよく知らない。今回は彼の友、澁澤龍彦の最後の姿が今日の新聞に書かれている。「胎児で死んでも、八十で死んでも、おんなじだ」と死に瀕して紙に書いたと。この言は、わが脳裏にもある感慨である。終戦当時、18歳か頃の青年たちが〝天皇万歳〟で散った。今、自分は、88歳も過ぎようとしている。長寿とか若死とかを整理しておくうえで、この澁澤龍彦の言（ローマの詩人ルクレティウスの言葉らしい）は、多いに助かるというか、さらに敷衍していくうえで参考になる。（小山鉄郎：文学流星群38より）。

2月29日

今年は、閏年。29日、締めくくりに「新型肺炎」を書いておかないといけないと思う。今のところ、岡山地方には感染者はいない。連日の報道でもっとも気になるのは、死亡者がほとんど80歳以上の人たちであり、全体には騒ぐほどの重篤者はいないことである。老齢者にしても、高血圧、肺炎の既往、糖尿、といった成人病を抱えていた人たちであるという。連日、メディアの過熱ぶりのほうが我が身にはこたえる。原発と風評被害が真実味を帯びてくる。元凶と言ったら悪いが、この度の大流行が中国機縁であることを誠に申し訳ないと発言した中国の人に、猛烈なバッシングが浴びせられたという。恐らく、中国の人たちの伝統文化は、深く長く、辺々諸国の比ではない。今回の新型コロナウイルスはコウモリからセンザンコウを介して広がった可能性があるという。このセンザンコウは、うろこに覆われた希少動物。アリクイに似ている。東南アジア、アフリカに生息。うろこは漢方薬の原料として珍重されているという。中国では、南部で食べる習慣があると書かれている（山陽新聞：2月26日）。日頃の食生活であっただろうが、食と疾病はまた複雑な局面を持つものと考えられる。それにしてもである、なにか、急速な中国の富国政策と発展の影に、過密で不衛生汚染の根強い底流があるように思われてくる。もうすでに、半世紀以上前（１９６８〜１９７０）、アメリカ・ウィスコンシン・マディソンに留学中、暇を見つけては、アメリカの広大な田園都市を駆け巡ったが、どんなに小さい村や町にも、教会とガソリンスタンド、そして中華レストランがあったのを思い起こしている。印象の総括として、大声をはばかるところもあるが、なにか清潔感の無い東洋のイメージがいまだに残存している。今回の発祥地といわれている武漢は、日本進出の拠点の一つであるらしい。日本人のいまだ狭小の島国根性が何か自分本位の鎖国至上主義をもろに露呈しているふうも見える。ともかく、いちはやい終息を祈りたい。

〈ＴＶ〉江戸の暦の話。宣明暦という暦があり、一年は３５４日であった。季節と暦がずれている。これに取り組んだのが、渋川春海であった。１６６９年、春海、測定を始める。春海46歳の時、〝貞亨歴〟とする改暦を申し出たとか。詳細やや不明。偉い人はいつの時代にもいる。このような史実を知らない自分が恥ずかしい。

3月1日

早朝、NHKは、南さんに今春の〝桜前線〟の予告を求めていた。この方、今ではもっとも安定感のある予報士で信頼できるが、ひと昔前のお天気博士倉嶋厚のことを思い出し文庫本をとりだしてみている。冒頭、「春は東から……」とあり、蘊蓄を再読しようと思う。今冬はともかく寒くなかったが、なんといってもコロナ肺炎の2月であった。もういい加減にしてほしいが、致死率を云々し、80歳以上が危険域、毎日外からではなく、我が家の中、女房の異常なコンサーンにたじたじである。呼吸疾患にくわしいとかで大学の教授たちが報道に参画しているが、どうも素人知識を上回るインパクトがもらえない。専門という説得性に欠けている。病原はウイルスだが、もっと安心のできる学識はいただけないのであろうか。まーこのまま次第にメディアから消退していき、2020年〝コロナ肺炎漸く終焉〟などという幕引きになるのであろう。

3月2日

〈臨床様態15〉睡眠導入剤で、今使用されている薬剤の実名（商品名）を示して、手の内を打ち明けようかと思う。このあたりをよく知って来院される人も実は多い。インターネットが詳細に伝えていて、私が処方箋を書くのを見ながら、〝やはり、うつ病ですか？　サインバルタはうつ病の薬〟となっていました。少々やりにくいのが現状である。

薬剤の強さはひと口で言うのは難しいが、薬剤の効果の持続時間で分類されている。最近、ご存じのように〝ゾロ〟と称されて、政府推奨の廉価同類の薬に移っている。

短期作用型　トリアゾラム

　　マイスリー（ゾルピデム）

　　ルネスタ

中期作用型　レンドルミン（ブロチゾラム）

　　ロヒプノール（フルニトラゼパム）

長期作用型　ベンザリン

超長期　ドラール

メラトニン受容体刺激薬　ロゼレム

オレキシン受容体拮抗薬　ベルソムラ

（カッコ内は最近巷間で口にされている『ゾロ製品（後発品）』である）

以上は、わがクリニックで使用している簡単な使用上の目安としているものである。ほとんど、ベンゾジアゼピン系の睡眠導入剤である。ベンゾジアゼピンについてはもっと説明と注意事項が多々あるが、ここには詳細にできない。

友人北村氏が俳句に関する書を持ってきてくれる。遅まきの入門書が欲しかったので頼んでおいた。山口誓子の『日本の自然を詠む』である。「夏草や汽缶車の車輪来て止まる」が、なによりも俳句しらずの自分に強い思いを残してきていた。が、自作を試み、〈しょぼしょぼと降る雨のある二月かな〉というのをすでに書いた。

あまりにも叙述的でダメ。この句の背景に、父の葬式を思い出したからである。昭和48年2月だった。父の心筋梗塞らしい危篤の電話に、当時上下湯ケ丘病院から急遽駆け付けたが、間に合わなかった。葬儀の日、このしょぼしょぼの雨は終日降り止まなかった。母は、こんな日に、皆さんに迷惑なことだと呟いていた。大寒の二月には珍しい終日の雨だった。

3月5日

コロナ肺炎、中国本家が日本からの渡航を制限しようかという動きがある。また、トランプ大統領も日本からの来訪は困ると言い出した。日本での発症者は、クルーズ船をいれて1000名を超えている。しかし、ピークを算出するうえで、感染からの治癒者数も概数を出してもらいたい。怖いが、感染症は感染症である。死亡者もある。しかし、かかっても治っている人がほとんどである。株式などの指数では、恐怖症指数のようなものもあるらしい。武漢の映像を見ていると、まるでサリンでもばらまかれているかのごときで、不気味な世界を覚えて怖い。ともかく、治療薬が急がれる。社会心理学が本番のような気がする。くしくも、国会の予算委員会で、麻生さんは、〝高齢者に対する注意喚起を促され、一言で言えば、ウイルス性の風邪とかわらない〟と言い、冷静に対処するようメディアに促した。このあたりが正解であろう。どうもメディアが宙に浮いていて方向を失い、どこに報道の正道があるのか見失っているように見える。野党諸氏も自分たちが為政者であったらこうするという代案を用意するか、よければ迅速に賛意を表明するかしないといけない。蓮舫議員は鋭利な舌の持ち主だが、総理が答弁に困窮するだろうの質問ばかりすると、顔つきまでが美貌を損ね卑しく見えてくる。

3月9日

この日に書く謂れは読んでいただくとわかる。俳句をやりだし（？）、『子規の音』という森まゆみの書が面白く、読了した。かの偉大な子規の足跡がそれこそ丹念に描かれている。その中に、俳句に関するものではなく、明治時代の逸話が面白い。2月11日の紀元節に、日本新聞社から「小日本」が創刊されたそうである。そのあと誠に興味深い記事が紹介されている。8号に、3月9日の明治天皇の銀婚式で高齢者に養労金が出た。本郷区の八十歳以上は二百一人（女百三十三人、男六十八人）、九十歳以上は十五人で、最年長は九十五歳だとわかる（……本郷区では八十歳以上には計百円五十銭、九十歳以上には計十五円が支給された）、云々。当時すでに、日本人高齢老人は少なくはなかったと思われる。因みに、この明治天皇は愛妻家とあるが、「子はなさず、側室はたくさんいた」と書かれている。ほぼ百年と少し前の皇室である。

3月11日

平成23年（2011年）のこの日、東日本大震災が発生。この時の津波のすさまじさは今思いだすだけで目をそらさざるを得ない恐怖の映像であった。「天災は忘れた頃にやって来る」というのは、寺田寅彦の警告である。先に書いた、森まゆみの『子規の音』を再度引用させてもらう。明治29年は、1896年であるから、ほぼ百年前、6月15日、三陸沖で地震発生。釜石の東方沖二百㎞、マグニチュード8・2と記録されている。当時、住民は気にも留めなかったが、ゆるりと津波がやってきて、海岸を嘗め尽くし、2万1959人の死者を出している。近年の死者とかわらない。津波の高さは、大船渡港で38・2メートルにも達していた。「明治三陸大津波」として残されてきた。その時から、陸奥、陸中、陸前をまとめて、三陸海岸と呼ぶようになったとのことである。この地域では、昭和8年(小生、出生後2年)、大きな津波が発生している。先の地震より40年後のことである。当時、地震の報は、もちろん東京に伝えられたが、写真や映像にはおよばなかった。しかし、中村不折画「大船渡惨状」には、警察署、救護所、赤十字病院、仮設住宅が描かれていて、当時がしのばれると『子規の音』作者は書く。当時、〝海ショウ実記〟に詳細にされたが、人々がパニックに陥ることを恐れ、板垣退助内務大臣、これを発禁に処している。この〝海ショウ〟とは、本来は満潮時に河口を遡る波のことである。これが、津波である。子規も当時、津波十四句を作っているとのことである。

3月12日

コロナ肺炎、いよいよパンデミックに。イタリアが、中国に次いで多い国となった。選抜高校は、当初、無観客試合を思考したが、ついに断念、中止となった。選手は一生に一度、選ばれた名誉の姿を故郷に飾れなかった。悔しいだろう。大相撲のほうは、今日で5日目、大阪エディオンで無観客をテレビ中継し我が家も観戦中。なにかシンとして、力士のまわしをぽんぽんと叩く音が異様に響く。懸賞の幟が数少なく回っているのが見えるが、観客なし。放送には載せない、おかしなことになっている。朝乃山をみているが、結構進歩しているように思われる。大きな伽藍洞の空間が古い教会の中のように見える。土俵際の粘りが足りず、あっさり土俵を割る力士が多いように見える。観客の声援がなく、ケガをしない（病気）という意識が心中あるのかもしれない。

〈実生のアクラ育ちて赤き実なる〉

〈実生のアクラ今紅玉の実群れる〉（我が家の山際に生えたあくらの木は、わが庭のアクラに由来するが、ずいぶん大きくなったのを見ての句。字余りでダメ）

3月15日

米国トランプ大統領は、緊急事態宣言を発し、自らPCR検査を受けた。一足早く国民に制限を発し、そしてそれでも〝手遅れ〟と野党に避難された安倍さんのほうは、事態宣言は日本では今必要ないと。国家的な対策はむずかしい。ところで、目下、「マスク」が時代の焦点である。事態の核心になっている。ここまでくると、もはや「マスク様」である。マスクでウイルスの侵入ははたして防げるのか？という命題も浮上する。小生には科学的な是非を云々する資格も知識もない。あるのは、〝マスク症〟がおきているという社会心理学現象である。マスク依存症と診断されよう。野球の審判のマスクが古来知られてきた外来語だが、ともかく自分を守る防御具が必要ということから発している。一方、仮面の道具ともなる。対コロナに果たして対抗できるのかどうか、究極の科学的根拠は難しい。みんなでマスクを着けている必要があると言われる。しかし、どこにでも飛散している花粉とは異なる。一般のマスクではコロナウイルスは防げない。容易に侵入するといわれている。そうだとすると、ますますこのマスク依存は、この自分に近づかないでというアピールの仮面であり、集団的乖離表出ということにならないか。

3月17日

明けても暮れてもコロナである。オリンピックは私見では危ういという気がする。我が国はよいとしても、各国の出遅れ、特にイタリア・スペインなどの欧州が収まらないと、軒並み歩調が乱れ、中止となるとみる。延期という選択肢があるのならよろしいが。

中国にコロナの発症地があることは明らかだが、トランプ大統領が、〝中国ウイルス〟と発言したら、直ちに中国の報道官が反応し、アメリカ軍がもちこんだかもしれないではないかと反論する。これは苦しい。習主席は、「病原体はどこからきて、どこへ向かったのかをあきらかにせよ」と自国に命じている。武漢発症は明らかと思うが、習主席は、〝武漢〟の名ざしを避け、ウイルスの温床となっている野生動物の食用に関し、「悪習を断固として絶ち切らなければならない」と、正論を吐いている。少し前、吾輩がつぶやいたではないか！

〈掌(てのひら)の黄色くなりぬみかん食い〉少年時を思い出した。

〈躑躅から棕櫚の矛先とび出ずる〉我が家のドウダンツツジのなかから実生の棕櫚がすでに空を見出し、勢いよく出てきているのを見て。

3月18日

歳時記は、このころ、田螺が水底を這い始める時期だという。のどかなその風景は今は無い。かの子規は、『水口に集まってくる田螺かな』と詠んでいる。我が家ものどかに過ごせる状態ではある。が、新聞を開く習慣は変えられず、〝オリンピック開催危ぶまれる〟に悩むことになり、新聞のあれこれの思惑に引きずられ、世俗に大いに引き回され、へたな講釈をして悩むことになる。作家の五木寛之は、自分は朝六時に就寝するという。世の養生訓には与していないらしい。一面、ちょっと魅惑的ではある。わが方はまだ患者さんを診ておるのでそうはいかない。臨床に合わせなければいけない。新聞氏もたいへんであろう。どこをどう書けば人がもっとも多く読んでくれるか、しんどいだろうと思う。正義などというものはなく、主義主張の入り混じるなか、ある方向を示唆しなければならない。しかし、結局、〝コロナウイルス〟がごとき出所不明の闖入者に翻弄される始末。わが米寿の春も厳しい。

3月20日

新聞のアート逍遥（山陽新聞17面）に青木淳氏が、東京原美術館で開催されている「森村泰昌エゴオブスクラ東京２０２０・さまよえるニッポンの私」展なるものを紹介している。〝エゴオブスクラ〟とは、「闇に包まれた曖昧な自我」という意味らしい。日本人の代表的な人による〝私〟の問いかけは、わが領域にあっては、自我という命題に共通している。川端康成・大江健三郎の言はさておいて、〝あいまいなわたし〟は、土居健郎の「甘え」の構造に見ることができる。土居先生は、日本人の〝甘え〟に該当する英語がないということを主張してきた。

きょうの新聞の「あいまい」の英語は、ambiguous, obscureが充てられると書かれている。問題は自我の崩壊、そして引き裂かれての「あいまいさ」である。現在の自分が、ヘルマン・ヘッセ論考において、極性概念を題材に論文を手掛けているうえで、この概念論争は重要であり興味深い。歳時記のこの日に詳細を纏めがたいが、〝引き裂かれる自我〟は、臨床主題に限らず、文化の核心に大きな空洞があり、引き裂かれた自我として浮遊しているのであろう。ヘッセの極性概念 polaritaetは、今、ここに存続している。ヘッセは、創作（芸術）の道に統一を求めた。

3月22日

高畑勲というアニメの監督は一昨年亡くなっているが、出生地は三重県伊勢市で、のちに岡山に来られ、朝日高校卒業のようである。彼のことは門外漢でよく知らない。ただほぼ同年代で、1935年生まれ。1958年、昭和33年、彼は当時、東京大学仏文科4年時であった。同じ学生寮にいた砂田義典さんという方が当時のことを語っている記事を読んで似通った点があるので書いておく。私より、4歳下で、同じ駒場の教養学部にいたことになる。私はドイツ文学であったから、かなり接近して1年くらいは近辺ですれ違ったかもしれない。それはそれとして、やっていたことも似ている。私も彼らと同じように当時映画ばかり見ていた。新宿の「名画座」という懐かしい名前が出てきた。しかも、当時2本立て、3本立てで、往時のフランス映画に浸りきっていた。多分当時二本立て30円くらいだったように記憶している（昭和26年〜30年）。新宿伊勢丹の近くにあったのが「名画座」であった。私の方は、昭和26年から28年が教養学部で、戦後まだ5〜6年の頃、東京のあの〝かけそば〟が18円であった。天かすを入れると2円アップだった。1カ月に10日くらい名画座で過ごした。（山陽新聞：3月22日文化面、「高畑勲のまなざし③」）。

3月24日

今年の桜は、10日ばかり例年より早かった。桜の開花の早い遅いは、冬から早春の一時的な冷え込みと、一方暖冬の影響がからんで日程となるようである。当地岡山は、このバランスが思わしくないのか、意外に開花が遅いと私はみている。

〈幸せを押し売りされし子らの顔〉樹下に戯れていた子らを見て。

すでに、17日に書いたが、オリンピックは延期される。7月の開催はとても無理だとわかっていた。現状は、オリンピックどころではないというのが世界情勢である。オリンピックが第一ではない。コロナ撲滅がまず最優先である。運命の出会いの一つだろう。最悪と最善の出会い頭とでもいえようか。しかし、いずれも文明と自然の出会い、〝蝕〟であり、時は回転しているので初夏の風と共に去っていくであろう。1年延期は、わが生涯にとって今はどうでもよいという気になった。

〈遅霜に開花おくれて備前の朝〉

3月28日

ＮＨＫ朝ドラ「スカーレット」、今朝で終わる。息子たけしは、26歳を迎える前、慢性骨髄性白血病で死亡。ドラマとは言え、〝せつない〟という感情がわく。別れて一緒に過ごしているような主人公夫婦は、息子の仏前で、みかんを食べていた。人生の旅立ちは、前にも書いたが、「長さ」が問題ではない。米寿だから幸福な人生であったとは言えない。死ぬときの思いは、長いからいいというものではなかろう。若死にと老いて後の死も、宇宙万般その差は無かろう。少し前、天皇万歳の若者の死を書いたことがあった。

〈ほんのりの甘味セトカを食う夕べ〉

〈枯れたかと見上げるクスの芽吹きかな〉

３月30日

新型コロナ、いよいよ猛威。「異常事態宣言」をしてほしいと医師会のほうが要請している。

急増の梅毒も取り上げられている。岡山県で10年前と比べ、１桁だったのが１９０人になっているそうである。新型コロナ、まあ今のところ罹患者が５～６名程度で、不安の方が先走りなのかもしれない。はやくワクチンが欲しい。梅毒の特効薬は例の秦佐八郎によって、１９１０年、ほぼ１００年前に発見された。秦先生は、現岡山大学医学部の前身第三高等学校医学部の出身である。ドイツ留学中、連続何回かの試みののち、６０６番目の有機ヒ素化合物サルバルサンを発見し、これが化学療法剤となった。今、コロナウイルス、ゲノムの新時代、逸早い特効薬が待たれる。補足したかったのは、サルバルサンが６０６番目の新薬で、つまり、〝66〟と呼ばれ、母が、私の実際の誕生日6月6日を避けたことであった。とんだ出逢いである。前にもどこかにこのことは書いた。

3月31日

「医学会新聞」、「第2の患者」のタイトルで、がん領域の親などが持つ家族の苦悩は、ICD11にも、表現は、家族のgriefと表現されている。悲しみである。思うに、私などは、すでに数十年前から、慢性疾患に伴う〝家族〟のかかわりを見てきた。特に、専門の「てんかん」分野において、〝てんかんは家族の病〟であることを臨床場面で問題にしてきた。最近では、認知症において、家族の病が問題であろう。今回の家族のグリーフは、遺族としての悲しみにあるのであろうが、疾患自体に、すでに疾病とともに始まっている〝家族の病〟があることを強調しておきたい。

4月1日

「香川日独協会会報」第25号が発刊され送られてきた。初代会長を務めたので、「お久しぶりです、皆さん、お元気ですか」のタイトルをつけて投稿した。当時の新聞記事を添えた。挨拶文は下記の通り。

香川日独協会の皆さん。随分ご無沙汰いたしております。ずっと前から、なにか書かないといけないと思ってきましたが、やっとここに機会を与えられました。Schon lange wollte ich Ihnen schreiben , aber erst heute komme ich dazu, diese Absicht zu verwirklichen. 本会初代会長の細川でございます。今日はこの会の設立時の思い出をおつたえして、若い人たちへのメッセージとしたいと思います。発足当時の記事から引用を交えながら書きたいと思います。

さて、民間主導ということで、ドイツとの交流を深めようと、香川日独協会が発足しました。１９９１年10月13日でした。30年経過しております。当初、民間主導でドイツとの国際交流を深めるべく、自然発生的に設立され、発起人会が誕生して、半年くらい経過していました。それまで県内で、一応、「香川日独協会をつくる会」を、不肖細川が当時、香川医科大学附属病院長を拝命しており、また遠い昔、医師になる前、東大ドイツ文学の履歴があったこともあり、会長をさせていただくことになったのです。そして、草の根交流を始めることになりました。そして何をするかは走りながら考えることにしたのです。以上の経緯のすべては、私の跡を継がれた中村敏子夫人が掌握され、一切をリードして来られたことは皆さまよくご存じのことです。こうして、当時、留学経験のある人、ドイツとのかかわりのある方を中心として歩みを続けることになったのです。その理念として、ホームステイを中心に交流することを基本にしたことが思い出されます。ドイツの弦楽器を演奏されている人たち、チターの演奏グループや、ドイツとかかわりの深い人たちの間では、以前から、四国で日独協会がないのは香川県だけだという声も聴かれておりました。こうしたグループが自然発生的に、「香川日独協会」を『作る会』に発展していきました。世話人たちは、〝楽しく、肩の凝らない、遊べる〟を目指しました。ホーム先の紹介、音楽会、映画鑑賞会などを通じて、ドイツと日本の橋渡しができればと考えたわけです。より具体的な活動方針はなお決まっていないなか、約150人の入会がありました。当時、新聞より、自分とドイツとのかかわりについて聞かれ、「仕事の精神医学がドイツで体系が整えられて日本に導入され、医学用語もほとんどドイツ語が使用されていたこと、最初に学んだドイツ文学科で、ノーベル賞受賞者ヘルマン・ヘッセの精神史を卒論にしたこと」を述べさせていただきました。そして、画期的なイベントが、香川日独協会に舞い込んできました。草の根活動の推進者中村敏子副会長の根回しで、なんと、ドイツはボンBonn市との姉妹提携が結ばれることになったのです。大変なことになり、興奮したことをおもいだしています。ボンは当時西ドイツの首府です。この提携は、ずしりと重かったのです。1994年10月17日、日本ではじめて姉妹縁組が誕生しました。ドイツからは、ボン独日協会のヴォルフガング・ディーツ会長が来られ、調印式を挙行しました。当夜、来日された訪問団5人、関係者80人が出席し、二通の提携書にサイン、握手を交わしたのです。当夜の会で、事務局長メンヒ婦人が「野ばら」のギター演奏をされたのを思いだしております。ドイツ語で全員合唱。翌日、中央公園にモミの記念植樹を行い散会となりました。お別れの時、メンヒ夫人の主人が私に近づき、耳元で、“schreiben”（手紙をください）と囁かれたのを思い出しております。Genug fuer heute, ich schreibe bald wieder. Seien Sie herzlichst, von

Ihnen treuen. Kiyosi Hosokawa.

友人北村さんが、山口誓子の『日本の自然を詠む』シリーズ、「現代俳句の道を拓いて」を持ってきてくれる。この方はほんとうに当方を気にかけてくれる。さっそく読み始めている。例の〝夏草に機缶車の車輪来て止まる〟が、多くの句の中から最初に私の前に出てきた。若い時、俳句のことをなにも知らなかった頃、なにかの縁だった。この句が好きになっていたことを思い出している。俳句は感動をそのまま放出してあるもの、感動そのままの放出をゆるさず、の二型があると、書かれているあたりから入っていきたい。山口誓子のことは同じようなことをどこかに書いた。

4月3日

コロナ、緊急事態宣言を待つ都知事、ぐっとこらえているかのような首相。私見では、このまま今しばらく推移していく。オーバーシュートには、日本はならないと思う。

〈臨床様態16〉老人の臨床について触れたい。当方、もちろん若い人も多いが、ご年配も多い。いろいろの病態があるが、大雑把にまとめると三つになる。全体は、「心気症」であり、自分の病気がなにか重いものであると、過度に心配している状態と言える。つまり、内科・外科、その他において、癌のような重篤な疾患はないと確定診断をされているにもかかわらず、自分はどうも癌にかかっていると思ってしまう。何度医師に諭されても納得しない。この「心気症」状態には、自分の病気が悪性であるものとして、ここから脱出できない人。限定してはいないが、あちこち身体の悪い部分が移動したり、その日によってあれこれ症状を訴える人。そして、自律神経失調を一貫して訴えられる方、である。これらは、老人に特有ではない。若い人たちにおける、不定愁訴を分類しても同様になる。ただ、強調したいのは、老人と若年を比較すると、上記の症状に不安症状を合併している率が異なる。若い人には、パニック、恐怖性不安症状の比率が高い。ご老体は、これに比し、不安よりも、うっとうしい鬱症状のほうが多くなる。さらに、付け加えることがある。老人には、身体の痛みが加わることが多い。うつ病と腰痛、歯痛が同居していることは、よく経験されるところである。

4月5日

〈北狐（きたきつね）華麗なジャンプ雪の狩〉
〈油粕（あぶらかす）カラス蹴散らし食べもせず〉
〈けたたまし十姉妹かホトトギス〉
〈陽炎のたつ遠望に犬島見えるはず〉児島湾をわが家の側の丘の上で見て。

庭にあちこち群がって今咲いている草花、姿は〝紫花菜（諸葛菜）〟とかに似ている。3月弥生歳時記カレンダーに、「27日、三国志は諸葛孔明にゆかりの花」とか、どうも少し違うように思えるが。

4月8日

首相、緊急事態宣言を発出。東京・神奈川・千葉・埼玉・大阪・兵庫・福岡に対して。個人の行動を制限することはなく、自粛を骨子としている。不急・不要の外出を控えよと。その他、いろいろあるが、工夫せよということ。目下、まだ増えつつあるが、罹患者の累積数は事の重大さを示すものではあろうが、同時に、ほぼ寛解した人の数値も必要ではないか。本家本元の武漢も制限を解いたとか。しかし、毎日まだすくなからざる数の罹患者があちこちに発生しているのであろう。抑えたと言うつもりらしい。大きな爆発的発生の津波は何とか食い止めたということを言いたいのであろう。今回は、少しは反省しているのであろうか、これは疑わしい。証拠隠滅という言葉がある。黙殺・隠蔽・弾圧の曲芸国家である。

東京国分寺の「てんかんクリニック」からの講演依頼を、5月末に延期して引き受けていたが、向こうから、東京は5月に入ってもおそらくまだまだやばいので、開催は無理だろうと言ってきた。私の方から申し出たいと思っていたところであった。気になることが一つ減った。

4月10日

山口誓子を読む（「現代俳句の道を拓いて」から）。花鳥諷詠の「諷」は、ほのめかすの意。写生には想化が伴わなければならない。発句は取り合わせものなり（碧梧桐）。二つの因縁、配合ということ。写生は作句の究極ではない。写生には想化が加わらねばならない。子規は配合という言葉を使った。「思う心の色、物となりて句姿定まる」（芭蕉）。「写生と配合と客観描写」（子規）。自然を写生して、季物を物との配合に感動し、それを客観描写によって表現する。

4月11日

〈コロナ禍〉学位論文の件で、岡山大本部に行く。わざわざ久保田教授先生が家まで迎えに来てくれた。一緒に由比講師、いずれも大学キャンパスの人気のない不気味とも思える閑散の現状から、今や特別の事態にあることを私に教えているように思った。わが息子両人も、ここでもし親爺にコロナが降りかかると、まず確実にこの米寿は消える、と思っている。岡山も15人とか、お隣の島根も今までになかった罹患者が、一気に岡山程度になった。疫病がカミュの「ペスト」のように、見えない恐怖・不安となっているように思われる。患者のひとりでかなり認知症の進んだ同年配の老人が、〝前にも（歴史上という意味）あったらしいなー〟と卓見を口外した。事実を上回るカフカ流の不安が夕闇に漂ってきた。すこし、大げさかもしれないが。

4月14日

〈コロナ〉続き。国中、いや全世界と言ってもよいが、パンデミックはウイルス蔓延の実態と社会不安症の両者の競いにあるよう。保障をめぐっていきつく先は金であり、矛先は政府となる。首相と愛犬の自宅映像を動画にし、外出を控えようというメッセージが批判を浴びて炎上したと書かれている。

それにしても、NHKのいつものアンケート。そのなかの内閣支持率、首相の〝人柄を信用できないから〟というのが前から気になる。〝人柄〟とは、その人の性格や教養、人品をいう。往往にして、政治家は人品やや問題ありの背景がある。しかし、これをアンケートの主要な項目としていつもトップで掲げるというのには賛成しがたい。個人的には、〝人柄が信用できない〟というのは、礼を失したメディアの思い上がりだろう。新聞の社説の不遜さと、思い上がりの指導性に似ている。

4月17日

「緊急事態宣言」、全国に発出される。未だ0の岩手県も含まれ、全国に対してである。首相の朝令暮改とか揶揄されている〝10万円全国民〟に対して、新聞はケチをつける。そのあと、麻生財務は、辞退されてもよいとさりげなく発言。本音だろう。当方、老齢であり、高所得の部類ではないが、すこし考えてしまう。家内は、遠慮したいとけなげなところを見せている。

コロナ、どうも収まりそうにない。死亡率は高くはないが、連日80歳以上の死亡が報道される。当方夫婦とも該当するので気になる。80歳代で死亡するのは仕方なしであるが、コロナで死亡は困る。遺骨だけ、その中身も感染予防でもあるまいし、汚物でも包んだように家族に渡される。どうにも寂しい。

ヘミングウェイの「老人と海」を思い出した。海洋にあるひとりの老人は鮫と格闘する。今、老人は不気味な「コロナ」ウイルスの見えない巨人に翻弄されている。〝老人とコロナ〟はヘミングウェイの構造を上回る展開で書かれてよいかもしれない。どなたか、その壮絶な心理戦を表出してほしい。哲学者の言によると、グローバル化として捉えられてきた経済発展の論理は終焉に向かうと。中国式の拡張浸透は、象徴的なウイルスと人類の戦いをもたらした。

4月19日

相模原殺傷事件について、哲学者森岡正博氏の言、ずばり納得である（山陽新聞）。精神医学において、精神分裂病（旧名）の断種手術が行われた時代、自分はどうも無自覚に経過してきたが、優生保護法（１９４８）の存在は自分の履歴にほぼ重なっていた。きわめて無自覚・無責任に看過してきた自分を責めたい。直接、手を染めたことはないが、不治の病を教えられ諦めに近い自覚に終始してきた。今回、弁護団は被告は大麻精神病で心神喪失か心神耗弱であったから責任能力はないとして無罪を主張した。被告は、自分は障がい者ではないという。障がい者であれば、彼の論理によれば、生きる価値がないことになる。こうして自分を窮地に追い込んだが、結論になるかどうかは別として、社会に不要な人間として抹殺されるのは、自分が殺傷した人たちと同じ人間になることを意味する、そういう結論を持っていたのであろうか。そして、国家は国の法によって、被告を死刑にした。被告の優生思想と、死刑制度には共通の基盤が存在することを皮肉にも示したことになる。ここに、死刑制度の問題が改めて浮上することになるのであろう。

４月21日

このところ、霜注意報しきり。晴れる朝が多くなってきた。暦に、霜やんで苗出ず、とある。温暖になり苗が青葉を出すころをいう。

〈俳句メモ〉
俳句は自然に無理なく頭にすっと入ってくることが大切
どの句がいいか、なかなかわからない
俳句は省略の文芸
会話の中から生まれてくるように作る
（稲畑汀子 vs 宇多喜代子　対談より）

4月22日
〈コロナ考〉責めをどこにもっていくのかわからないもどかしさ。政治を超えたウイルスの強。討議の焦点は春霞。〈自句　コロナ禍の焦点討議は春霞〉

4月23日
寒の戻りで、気温は15度前後、3月上旬並みであるという。それでも朝、デイルームに入ると、朝日がいっぱいで、日差しが温かい。つくづく思う。〝気象予報士〟なるものの全盛時代と見受けるが、そのプレゼンテーションに人柄の相違が見え隠れする。予報には明日という世界への期待と不安が交錯する。天気予報は単に傘を持って出るか不要かの些事ではない。等圧線が西高東低であるかどうかはさておき、人の思惑と生活条件が絡んでいる。その場には、伝えてくれる人柄が重要となってくる。つまり、その道の教養と奥深さが必要となる。かつて、倉嶋厚さんとか、もっと古く、鹿児島の先達が思い出される。お二人の著書もあり、奥深いところがあった。今は、NHKの南さんになにかエスプリを覚える。若き、予報士諸君、もって銘すべし。〝明日の雨の確率は50％〟……だけでは足りません。

4月25日

北米原産で「アメリカヤマボウシ」の別名であるハナミズキ（花水木）。原尾島クリニックの裏側のアプローチに接近してハナミズキがある。なんと今年の咲きかたは狂ったように花まみれと言うか、花以外には見えないほどである。何年に一度こういう咲き方はある。一方、石楠花はどうも咲いてしまうとつまらない。しかし、その蕾は西洋画を思わせる配色の妙味。刺青のボタンを思い出させる。

〈枝隠し花満つるかなハナミズキ〉
〈ハナミズキ枝を隠して花満つる〉
〈石楠花は蕾む配色の妙にあり〉
〈石楠花のつぼみタトゥーの肩に見し〉

4月26日

中西進『卒寿の自画像』。「雑」という用語は、〝その他〟として使用し、便利な用語。しかし、中西進先生によれば、中国では、彩なり、とか。多彩な、すぐれている、の意味であると。中国雑技団の妙技は多様なかぎりを尽くしたさまざまな技芸である。また、雑歌とは、雑な歌ではなく、華やかなとりどりの歌という意味になるそうである。〝その他〟として片づけられる「雑」とは異なる。

「あそび」についても書かれていた。「あそび」はイコール「うそ」で、うそは偽りではない。事実と偽りの間にある、ぼんやりした状態を指すらしい。そう言えば、物と物のあいだにある遊びは、物と物をうまくつなぐ空間で、いわば、絶妙なあそび空間である。言葉の遊戯には深い味わいあり。

コロナ禍、大胆に言えば、山は越えたとみる。楽観的かもしれないが。最近の風潮は、若かりし、少年時代の戦時下の敗戦前日の気配に似ている。子供心に差し迫る危機を無知無言のまま、遠くを見ているようで、何といえばよいのか、傍に人がいても目を合わさず目標の無いどこかを見ている、昏迷のような集団であったのを、思い出した。

決着が来るのだろうが、最近のわが界隈は地についた行動になっていない。「80歳代の罹患者は死ぬ」というのだけが意識の中に座っている。岡山県は、20人前後の発症者。増えもせず、全国的に低レベルを維持している。しかし、クリニックで、傍で話す人たちは自分と同じ無菌者同士なのか、自分を含めて保菌者同士なのか、焦点のうつろな臨床になっている。カフカも知らない社会恐怖症。なんらかの治療方法を持たない人類の弱い一面かもしれない。結局、ワクチンを早くということになる。

4月29日

天皇誕生日。一瞬、昭和天皇ではなく、平成時代の天皇の誕生日のように錯覚した。元より、昭和の63~64年間、わが一生をほとんど同一化してきた昭和天皇のバースデーである。終戦の日、成羽川上流東城川で昼過ぎには泳いでいて、あとで収録された天皇のかすれたような声を聴いた。なんの感慨もなく、また泳ぎ続けていたように思う。14歳の少年であった。その時の少年の心境は無意識のもつ意味をあらわしているように思う。

新聞に、日本伝統俳句協会会長稲畑汀子氏、高浜虚子の孫にあたる俳人の「焼夷弾と原爆忌」が「終戦75年に思う」として書かれている。1931年生まれだそうで、〃来年、90歳になる〃はほぼ私と同じ。違うのは、こちら、90歳近くになって、俳句を始めた新人、かたや高浜虚子という句聖とでもいうべきか、巨人の孫。共通していたのは、終戦の日を記憶にとどめ、兵庫県で被災していることとである。『その未明我が家も焼けぬ原爆忌』を作られている。もし、並置が許されれば、《その未明原爆投下我知らず》。8月6日、広島は東千田町の下宿先を7時半過ぎに出て、広島電鉄前あたりを歩き、学校に向かった。8時15分の到来はもとより知る由もなかった……。幸い、今生きて、昭和天皇誕生日を迎えている。75年過ぎ、当時、14歳、修道中学校2年生であった。(※)

(※)本書第1章に「昭和　私の証言」として被爆記を添えている。

4月の「歳時記カレンダー」の下欄に、文人の忌日が記されていた。北斎、幸太郎、虚子、啄木、康成、百閒、荷風であった。人の死は季節の変わり目に多い。

4月30日

今年に入り、突然、「医学の歩み」から原稿依頼を受けている。傑出人の精神病理に関して、今回、〝新しく〟しようということらしい。この道の大家に依頼しているようなので、名誉を感じ引き受け、執筆中。文学作品の3篇から、「意識昏迷の世界」が書かれている部分を考察し、まだ十分解明されていない、〝昏迷〟を主題にした。近く、日の目を見る。ここでは、病跡研究についての一言を申しておきたい。今、森まゆみの『子規の音』、『千駄木の漱石』と読み続けてきて、今朝、後者の文庫本p205に、漱石は「……いずれにせよ神経衰弱で、いまでいうと鬱病、または統合失調症と言われる。このころ（明治38年2月、筆者註）、精神運動の亢進と作業促拍という時期にあたっていたらしい。頭脳は活発化し、いくらでも書けてしまう。この当時は、書き損じは全くなかった。……」と書かれている。多くはここに引用できないが、かねがねこの「学会」に出てくる論文、視点が、おそらく今一番古い会員になってしまった小生にとって、長らくこの学会の視点がいやであった。傑出人が、精神分裂病（古い病名）か躁鬱病か、異常性格かを、あれこれ何度も繰り返し申されるのに辟易し嫌悪すら感じてきた。森まゆみ氏がここにさらりと漱石の病名を書き、そのような病気にもかかわらず当時すばらしい冴えを見せて「猫」を書いていたのであると言う。病名などはさらりと書き流している。それで全く問題はない。作家が世に傑出するのは、作品のすばらしさである。作品の中に病理があるのなら、それで人生探索のよすがとなろう。傑出人本人の病理を云々する際には、精神分析の基本に返って、病跡をさぐるご本人の実態を明らかにしなければならないと思う。この森まゆみ氏の視点は素晴らしく、地についた千駄木に生きた文豪の真の姿である。

5月1日

令和2年、天皇即位後1年は、とんでもないマイクロ怪獣の襲撃となっている。新型ウイルスは世界の学会を翻弄。ワクチンが何よりも待たれる。

「浮き出る共同体のあり方」と題して、あかさか・まりという作家の寄稿が出ている。ドイツのメルケル首相の言は、共同体を取り仕切る人として適切で〃みごと〃だと書かれている。日本の場合は駄目であると。メルケル首相の言は、「重要なのは時間稼ぎである。治療薬やワクチンができるまで、感染者や致死率をできるだけ下げる。移動の自由などは、民主主義が勝ち取った大事な権利であり、旧東欧育ちの自分はよくわかるが、時にはそれに優先するものがある。今がその時であり、守るべきものは命である。経済的ダメージに対して政府は対処する用意がある。」と。日本の首相の言と、どこがどう違うのかよくわからないが、ここで気になったのは、つぎの一説である。日本で機能していないのは「象徴」であると。天皇の言が待たれるということなのか。そう取れる。象徴がまだ何も言っていない、公式発言がまだないということであろうか。メルケル首相はポーランド系であり東ドイツ、かつては反ナチであろう。共同体は、ドイツ語で、Gemeinschaft、Gesellschaft で、前者は家族などに代表される共同体、心の通じ合える仲間とでもいうこと。後者は、会社や社会共同体のようなもの。そこで、国民が一体となる上において、この共同体概念が浮上する。国民の一体化し纏まりには危険が伴う。ナチスドイツであり、〝紀元は２６００年〟の日本がすぐに思いだされる。「象徴」の言は待たないほうがよろしい。宮内庁のまとめを天皇に読ませるのは、危険である。ドイツには危険なまとまりを見せる国民性がある。まとまらないほうがよろしい、と私は思う。

〈臨床様態17〉臨床には、〝不定愁訴〟という概念というか、実際の症状と目されるものがある。最近、この用語はやや薄れ、心療内科においても使われない。しかし、一般内科において、もっとも多いのは、この不定愁訴かもしれない。内科の長期再診の現場には、この不定愁訴が満ち溢れていて、医師は愁訴の焦点を絞りにくく、患者さんが満足して席を離れるのに微妙な空間ができる。

この不定愁訴は、漠然とした身体の訴えである。これに見合うような身体所見が無いものをいう。従って、精神的だともすぐには言えず、医師は困ってしまう。不定愁訴は、しかし、困ったままでいるわけにはいかない。なんらかの指針を与え、患者に〝症状〟の説明を懇切にしないといけない。大きくいって、次のようなものが不定愁訴の背景にある。まず、身体違和感の背景に、精神疾患が隠れていることがある。つぎに、交感・副交感神経系、即ち、自立神経の機能異常とおもわれるもの、そして、実際には隠れた身体疾患が存在することも稀ではない。具体的には、多いのは、めまい、更年期の諸症状、初老期のもろもろ、などである。より具体的には、熱感、冷え性、のぼせる、心臓のどきどき、身体あちこちのしびれ、不眠、神経過敏、関節痛、皮膚掻痒、などであろうか。種々検索の上、身体所見がなく、心療内科・精神科にゆだねることになる。このタイミングは重要で、のちのちこの患者さんの予後を左右することになる。この医師間の受け渡しをリエゾンという。しかし、橋渡しをする前に、〝患者さんの訴えをよく聞いてあげる〟に尽きるのである。これが満足にいくと、診療科の別なく関係維持は可能であろう。ここには、専門領域という玄人は存在しない。医師自身の姿勢が肝要。

5月3日　憲法記念日

「コロナ」に関する、拠り所の無い集団討議を聴く。「憲法」改正が見え隠れで進行。与党は財布を持つ制限発言。野党はモグラの穴叩き。専門家は天気予報官。時は微小の怪物も生体であるかぎり必ず消し去る。消退する。2020年、オリンピックは流れた。コロナ・バイラス世界を席捲と、後世は書く。私的には、88歳の米寿は恐怖をいだいて隠遁。

コアラ　ユーカリを消化するうえで、子らは母親のうんちを食す。特有の酵素が存在する。木登りは暑さ対策。22時間眠っている、樹上は涼しい。

コスタリカの人たちは、すべてに〝プラビータ〟と言いあっているそうだ。前向き、陽気、明日があるよという言葉。〝プラビータ〟！！

〝フレイル〟という言葉が最近目につく。思い違いかもしれないが、フレイルで頭に浮かんだのは、有名なあのセリフ、〝Frailty、thy name is woman〟（弱きものよ、汝の名前は女なり）、シェイクスピアだっただろうか。伊藤恒成訳とかが思い出された。

5月7日

〈TV〉ジャンプの葛西紀明　W杯ジャンプ、500回か、それ以上。今不明だが、ギネス世界記録に登録。

コロナ禍。世界が動きはじめた。十分な回復は今ないままに。欧米の方向転換は思い切りよくやる。少々の犠牲は見捨てる。騎馬移動民族の鞭は明日の獲物が必要か。日本は皆で寄って祈願をし、神に祈る。犠牲を出してはいけない。祈祷師に耳を傾け明日を占う。農耕民族に神のお告げはあるのか。ともかく、世界は動き出した。イランの車のラッシュが映っていた。ドイツもサッカー競技が開始されたようである。どうも、我が国は鎖国の国民性のイメージが強い。

5月9日

学期はじめを、この際、9月にしてはという議論が再浮上している。いい機会と断じたためだろう。子供の学力の遅れを心配し、3カ月の遅れをどうしてくれるのかという親の危惧もすくなくない。思うに、子供の学力などというものは、あまり勉強をしていなかった親自身の焦りと、先走りの危惧に過ぎない。子供は、この社会事象に多くの学びを得た。阪神・淡路大地震、東北の津波、みんな期日を超えた激震に見舞われた。その下にあった子らは、学力の遅れなどというつまらないハンディーとは異なる質の高い教養を得たに違いない。現代の蓮っ葉な器具を利用したオタク文化では、真に学力の向上はおろか、人間性の構築にはほど遠い埋め合わせにしかならないだろう。この危機に子供はきっとなにかを得るに違いない。期間を超えた、進んだ社会学を学んだに違いない。

山際に二本の山法師を植えて、もうかれこれ20年にはなるだろう。大きくなったというか、派手に枝を伸ばしている。新緑に、白と紅色っぽい小花を全面にさらして咲きだしている。「山の木」を紹介した本を読んで、日本産で最も風格のある花として推奨されていたものである。その片鱗を見せてきた。楽しみである。なにか素晴らしく、周囲を圧倒する雰囲気をだしている。

〈山法師新緑たたえ張渉る〉

5月12日

コロナ禍、局面の変化が起こってきている。制限規制が緩められている。ウイルス自体はなんのことか知らんというのが自然だろう。ロシアでは、たまりかねてか、まだ1万人もの発生状況にもかかわらず規制を解除した。余程、補償や援助が無理なんだろうなと思う。韓国も大統領が胸を張って演説のその日、何十名かの再燃が報告された。日本では、都知事などがもっともリ！ズナブルな判断を繰り返していてよろしい。

5月13日

亀井俊介氏の随想。氏は1932生まれでほぼ私と同年。アメリカ紀行を書いている。氏のアメリカの旅に、私たち家族のたどったアメリカ横縦断ドライブ旅行が重なり、思い出すことも多い。氏の場合、我々よりも早く1960年頃、我々は1968〜1970年、10年遅い。しかし、ほぼ同じような体験をしたかもしれない。今、コロナ騒動で日本と米国の国情の違いが種々報道されている。氏も述べているが、私たちの場合、あの大国を500ccのフォードワゴンで駆け巡った印象から、文化の比較は難しいことを痛感、思い出の大きな局面であった。

多和田葉子という芥川賞作家（1960年生）が、現在、ノーベル文学賞候補になっているとか、聞いた。早稲田出身で高校時代からドイツ語を学び、大学はロシア語。大学卒業後すぐにドイツの書店で働く。ドイツはかのクライストの研究者で、かなりの才女だろう。彼女のほとんどの著作を手に入れて今見ているが、そのなかに『エクソフォニー 母語の外へ出る旅』があり、「植民地の呪縛」の副題で、ベルリンBerlinのところを読んだ。森鷗外・衛生学・国民性・文化といったキーワーズで括られる章で、この中に、今、「コロナ禍」の〝手洗い〟に該当することが書かれていて興味深い。話はこうである（少し長くなるが）。

森鴎外は、日本近代化のシナリオに乗って衛生学をかざして留学したが、日本の近代化については距離を置きクールな面を持っていた。ドイツでは、「足の親指と二番目の指との間に縄を挟んで歩き、人前で鼻糞をほじくる国民に衛生学もないだろう」と皮肉られた。しかし、鴎外の「大発見」という作品があり、ヨーロッパの小説の中に、「鼻糞をほじる描写がかかれている」のを見つけ狂喜する。この大発見（？）が「衛生」という神話をほぐす重要な作品だと多和田葉子氏は言う。今、日本では、草鞋とか草履とかは遠くなった。しかしまだ昭和に入っても、毎日、〃ハンカチ、ちり紙〃を持っているかは毎日の面倒なチェックであり、とりわけ、〃手を洗う〃は歌の文句にもなってきた。日本が一等国になろうという姿勢の一旦であった。氏のこの西洋化に至る道程のエッセイは、くしくも今、世界コロナ禍の渦中、「マスク」と「手洗い」は最も進んだ、世界に先駆ける、もっとも慣れ切った「衛生学」の実践を見せつけたものである。

ドイツと日本では、身体の洗い方を見ても、比較にならない程度に日本のほうが行き届いた清潔を図るそうである。「西洋的である」という神話は、私などの時代では、戦争中にも、隠しがたい潜在意識として底流していた。この日本人のいわば両価性Ambivalenzは、森鴎外を先駆として、その方向には危険が常にあり、かつなにか優れた国民性のバネにもなっているということも言えるのではないか。

最近、歩いていない。2千～3千歩は毎日の課せられた義務のようなものです。

〈死なば入る墓地売り札の前に立ち〉墓地を買う予定あり。

〈風格をすでに顕わす山法師〉少しおかしい。

〈紅冠なにに喩えるか山法師〉

紅色の山法師、今盛ん。紅花は山法師にあらずと思えばこういう句になった。もうずいぶん昔。ゴルフの帰途、金川あたりの植木のガーデンで、好きになっていた山法師2本を積んで帰ったことを思い出す。あれからゆうに20年は経っている。随分大きくなった。山際の県有林に沿って植えてよかった。山法師にそぐう位置だから。白い方はこんもりと山法師風情を風になびかせて生い茂った。隣の紅のほうはどうもしっくりこない。山法師はやはり白だ。因みに、山法師は、ミズキ科の落葉高木。雪を被ったようで、山を行く法師に似ていて、丸いつぼみ、坊主頭、白い苞片をその頭巾にみたててその名がついたと書かれている。山でこそ似合う木。

〈紅花や喩えようもなし山法師〉

〈紅花は粋なヤマボウシとすればよし〉

5月16日

「COVID19 vs スペインインフル（１９２０）」前者は武漢発症、後者はなんとスペインではない。おかしな対応。有罪無視 vs 無実。共通点は１００年に一度の出来事。

5月19日

最近の書に、『週末は、Niksen』とか、〝何もしない時間〟で人生に幸せをうたったものだそう。オランダ語とか。〝なにもしない時間〟は息抜き。自分はどうか。休診している(火)(木)にも、なにかやったという実感を自分に求めて責めている。なにもしないで息抜きできるのは、やる日にちゃんとやっているからでもある。なにかやっているからこそ、Niksenがあるのだろう。オランダの水準は高いのか。

5月20日

コロナも終焉が近いのか。緊急事態宣言も東京、神奈川県にのみとなった。これから必ずもう一度揺れ戻しがあると予告されている。昨日、10万円給付が岡山にもやってきた。大きな興奮のようなものが職員の表情に見える。一方、今回の国家的損失というか経済の上での集約は、世界恐慌を上回るものらしい。

今、改めて自分の88年を振り返る。ほとんど、100年に近いわけだ。少年時の広島での被爆と敗戦。大学病院長として阪神淡路大地震救援、東北津波、今夏、夏の甲子園は中止。オリンピックは、一度中止され、今回また、延期。これも今怪しい予測も出てくるだろう。戦争にも負け、もうこれ以上書く気にならない。しかし、歴史は繰り返す。自分の一生と、その時代が特異なものではなかろう。ともかく、わが88年、多き哉、ハプニングではある。なにか、すれ違う紙一重の実在を覚える。

5月21日

多和田葉子、面白いので引き続き頁をめくっている。この方、ドイツハーフのようなものになっているが、その文章、改めて思う。いわゆる長文の女史。『犬婿入り』を例にとると、10行程度はざら。延々と続いて、「。」は出てこない。独文に挿入句が多いのは、自分も影響を受けている。ひとつのレトリックである。多和田女史の文は、極め付きだ。読み難いとも思わない。流暢の領域だろう。これはもうすでに言い尽くされているのだろうか。
(後記　手元のほかの著書をパラパラめくったが、『犬婿入り』に見た長文はなかった)。
ここに、多和田葉子の長文を示しておきたい。

「そもそもこの町には北区と南区があって、北区は駅を中心に鉄道沿いに発達した新興住宅地、南区は多摩川添いの古くから栄えていた地域で、今では同じ多摩に住んでいても南区の存在すら知らない人が多いけれども、北区に人が住み始めたのはせいぜい公団住宅ができてからのこと、つまりほんの三十年ばかり前のことで、それに比べて多摩川沿いには、古いことを言えば、竪穴式住居の跡もあり、つまりそのような想像も及ばない大昔から人が暮らしていたわけで、稲作の伝統も古く、カドミウム米の出た六〇年代までは堂々と米を作っていたし、また〈日本橋から八里〉と刻まれた道標の立っているあたりは、小さな宿場町として栄えたこともある。」

この長文が最も長いものではない。氏がドイツ語をほとんどネイティブのように使いこなしているわけだから、独文にある、挿入語というか、フレーズの頻繁な挿入を自分のものにしている日本語化かもしれない。大方の評論家がすでに指摘していることであろう。
（後記）その後、多和田葉子の『言葉と歩く日記』（２０１３年11月）を読む機会があった。その中に、氏自ら自分の長文に触れている。わたしが留学していたアメリカはウィスコンシン・マディソン（１９６８―１９７０）での日本文学セミナーに出席しているときの感想らしい。私自身、偶然のMadison、Wisconsinであり、感慨を新たにしている。さて、その中に、『犬婿入り』の文章が長いということも話題になったと書かれている。感想を述べた学生の一人は、「アメリカの学校では、短い文章がいい文章だと習ったが、『犬婿入り』英訳の満谷マーガレットさんの長い英語の文章をみていると長い文章っていいなと思う。」と言ったと書いている。私自身、ドイツ語を老いのレッスンとして、ラジオ講座を聞いているが、ドイツ語の、やたらと多い挿入句に既に慣れていて、自分の日本語にも影響が出ているようで、いつも自戒している。こういうふうに長くなるのである。当の多和田葉子氏はすましたものであまり気にしていないようである。すでに、ドイツ語はネイティブの域にあるのであろう。

５月23日

25日には、東京・神奈川・北海道の「緊急事態宣言」が解除されるかもしれない。二次感染が社会不安恐怖症となっている。夏の甲子園が中止となった。優勝候補の悔し涙は察するに余りあるが、「あの年、甲子園に出られなかった」という悔しさは、地方大会を華々しくやり、優勝者をきめ、多少の慰みになるかもしれない。悔しいのを人生の思い出にされたら良い。

「アルツハイマー病のリスク、採血だけで可能に」。岡大の研究が三面記事に。4種類のペプチドを使う新しい開発とか。思うに、軽い正常範囲の進行しない認知障害は、MCI（朝田教授）として、臨床上使われている。ここに紹介された新法はもっと早い段階での診断ということであろう。といっても、老人との面接で、認知症はすぐにわかる。認知症の問題は、老人の社会生活を損なう老人個々の問題であり、生活史、個性に基づく障害の多寡である。突っ込んでいえば、老化のパターンであって、「病気」と言わない学者もいる。リスク診断には、慎重であってほしい。人生、ボケ勝ちということもある。

「歯科とコロナ」のことがある。当方、歯科受診中。コロナが始まってすぐに気にしていた。無症状保菌者の治療者への感染が問題になる。確かに、歯の治療はすさまじく密接である。大丈夫かなと思いつつ通院している。ちょっと怖い気はするが、衛生面でずいぶん気を使っているようで安心はしているが。歯科での感染の事例は今のところ無い。

「NHK受信料2000億円削減を」という見出しがある。受信料のことは、日頃気になることの一つである。未払いの若者がいるだろう。罰を受けるのだろうか。よく知らない。今日の記事は、経営効率化によって、2000億円近く削減できるという見解が一部に示されているとか。まあ、それはそれで、当方にはよくわからないが、仕事を削減して自宅に過ごすことの多くなったこの老人にはテレビは必須の日用品である。思う、最近、なんと、〝再〟のついた番組の多いことか。〝テレビの見過ぎ〟という声も聞こえてくるが、ほとんどのものを〝見た〟という記憶があり、この老齢にも脳裏に再来する。「コロナ」のような百年に一度には繰り返しはあろう。しかし、数チャンネルをもって予算要求をすることと矛盾してくるのではないか。アーカイブスという事業には敬意を持っていて、予算の必要性は納得している。公共放送である。民放のような営業は困る。時間を限って、報道主体のメディアとなってはどうか。国民、しかも、ピーピーの若者から金をとってはいけない。

5月26日

「緊急事態宣言」を正式に解除すると報道あり。首相記者会見。この間、この日記の主にも自粛維持の決意が薄らぎ遠のいてきていたところであった。やれやれの感あり。しかし、第二波、第三波のオーバーシュートが必ずやってくると想定されている。もし、来てもそのまま解除は維持し、一点に集中した封じ込めをするのであろうか。この再発は今秋、冬にかけての襲来が予想されている。街に復活の気配が出ているが、これからのあり方自体が変化するとの思惑があり、なにか、一気に戻ることは無いと思う。今朝、門田経由で出勤したが、すいすいで、10分でクリニックに着いた。

〈バラ三輪コップに入れて傍に置く〉
〈患いのコロナ冠の美名持ち〉
〈白ならぬ紅の頭巾も山法師〉
〈華麗なる毛虫をめでて叱られる〉

〈ブーゲンも散りはつれば雑木なり〉
〈わが庭に椿は無しと今悔いぬ〉
〈木香バラ花弁おちて地を汚す〉

5月28日
「京アニメ事件」の犯人の傷が整復され1年ぶりに、尋問が始まるそうである。顔かたちの変形してしまった顔がテレビに映る。当方に、言葉なし。33人殺傷はひどすぎる。言葉もない。新聞の見出しに、犯人の「謝罪無し」とある。今、何をという気がする。編集氏の見出しのフレーズとしてもすこしどうかと思った。この犯人、生活史をたどると、次第に事が拡大していく経過が読み取れる。ついに妄想解釈に至る自我拡散の履歴が歴然としている。そこに至る、そして、その時に、そこにいた人々、この運命とは、原爆死に同じではないか。

5月29日
「コロナ禍」、ついに来た感じ。第二波が北九州に。この事象はもとよりウイルス学になるのだろうが、なにか、疫学の持つ事象以上に、人類学、地球生物史などを考えてしまう。ついには、「ダンゴムシに心はあるか」の命題に同じウイルスの生きる力のような不条理を感じてしまう。簡単に言えば、そういうものらしいという感慨である。感染ルートの追求は宙に浮いてくる。それにしても、わが医師会の影の薄いことよ。一方、現場の救急は、飛行機の特殊煙幕でその奮闘を称えられている。

5月31日

「米誌スポーツ長者番付」女子の一位は、日本の大坂なおみで、約40億だそうである。この米寿老人にとって問題なのは、これまでの日本子女であれば、こういうことはまず起らないだろうということを感じることである。敗戦後の年数は我が人生とほぼ重なるのだが、ほぼ百年たって、文明のブレンドが生じ、これが傑出人の輩出になったと思われる。アメリカの繁栄もしかりで、人種ブレンドは傑出人輩出の原動力となり、世界一という人材を輩出してきた。この現象はスポーツ界の年俸に顕著に表れる。日本古来の相撲界、ラグビー、etcをみればしかり。最も遅れを取っているのは、政界ではないかと、とんだ飛び火になってしまうが、〝日本人〟、いまさらながら我複雑な思いである。

6月1日

「共同通信」の世論調査。内閣支持率、39％になり、2年ぶりの低下。「コロナ禍」のなか、予想される数値。メディアも国民も、社会恐怖不安症に陥っている。支持率?、これを今云々するのはどうか。もって行きようのない、方向を見失っている山中の旅人は、ガイドを失っている。中央の指示を地方はそのまま受けいれず、右往左往の毎日であろう。「できない!、そんなにすんなりとは」ということだろう。すでに、一方では、グローバル化を脱して、これからの社会は、どうあるべきかを論議され始めている。

「フレイル」以前にもこの日記に書いたと思う。Shakespeareシェイクスピアの言だったか、〝Frailty, thy name is woman〟（弱きもの、汝の名は女なり）がある。ところが、今、〝フレイル〟は、加齢に伴って心身の活力、筋肉や認知機能、社会とのつながりなどが低下した状態をさすとして、いつのまにか巷間に流布されてきた。〝運動によるフレイルの予防法〟という表現などは、一体どうなのか、考えてしまう。

6月2日

仲夏、岡山市、30・2度。初の真夏日となる。一方、明日にでも梅雨入りとかいう天候も二、三日見られていた。岡山NHK予報士はつぶやいてはいたよう（？）。〈予報士はきめたかりしか梅雨入りを〉（決めたいだろうの意。）

スーパーの生鮮食品売り場には、最近とみに生産者の氏名が書かれ、新鮮さや産地直送の魅力を売っている。先日、鯛の切り身のコーナーで、養殖のパックの隣に、〝高松産〟と書かれ、養殖と区別されている。少しおかしいと思った。鰆についても、岡山産は美味で有名ですという。養殖の網の中ではなく、瀬戸内の高松と岡山はごく近い。鯛も鰆も行き来しているのではなかろうか。高松産に意味があるのだろうか。魚の場合、産地を思うとおかしな気がしてくる。タコも下津井、明石、それぞれ自慢の味だろう。同じストーリーか。

6月3日

東京に「アラート！」が発令。先日の〝フレイル〟ではないが、このアラートも日本語化するのか。Alertは、英和によると、「機敏な、すばしこい」の一義から、用心を怠らない、そして、名詞化されて「警報、警戒警報」の意であり、この米寿老人には、戦中のあの〝警戒警報発令〟のアナウンスを思い出させる語でもある。〝アラート〟の正しいスペリングは、中高生は正しく書けるのだろうか。コロナ禍に、このアラートは、効果のある喚起の用語なのであろうか。

青山融氏（岡山弁のスペシャリスト）の〝ぼーち〟方言のこと。幼児の記憶がよみがえって感動。備後東城（私の生地）あたりも、〝ぼーち〟は使われていた。現在の兵庫県太田市は、備前に入るのかどうかわからないが、当地でも使われ、奈良・大阪の県境あたりでもこの言葉は残っているらしい。「他所のどこか遠いところ」を意味する。漢字は『傍地』。かつては、「どこかに行くとき」とかに気軽に使われていた。〝ぼーちにいくんかな、えーなー〟などが耳に残っている。筆者の青山岡山弁協会長は、もうすでに80歳くらいの高齢者にしかわからないかもしれないと。今、該当者がここにいると申し出る。

「コロナ禍」はわが生涯の最後になって、原爆被災にも次ぐ国の出来事になった。ここで、幼児から聞きなれていた、「ペスト」について書いておきたい。最近読んだ石田純郎氏（大塚薬方7・8）の世界紀行によると、中世ヨーロッパでは、6〜18世紀にかけて数次にわたって疫病が猖獗を極めた。その正体がペストだった。日本人北里柴三郎が1894年に香港で、このペスト菌を発見した。この医学研究所は現在「香港医学博物館」となっている。ヨーロッパから、14世紀にはモンゴル軍による人の大移動により、このペストも各地に広がった。16、17世紀に、オランダで猛威をふるい、以後、各地にペストハウスと呼ばれる記念塔がのこされている。当時は、患者が逃亡するのを防ぐため、周囲に堀が造られ、なかに病室があった。玄関には、疫病に震えている立ち姿の母親像、母にしがみつく子供、死して背後にペストを媒介する鼠が描かれている。疫病の終焉後は、陸軍病院、刑務所、学校などに利用されたそうである。当時、ペスト患者を町から、この塔に移すとき連行する人は〝鳥人間〟と呼ばれた。黒いガウンをまとい、水中メガネのような眼鏡をかけていた。嘴の中に香草を入れ、悪臭を防いだという。伝染病の認識があったとはいえ、なにか、現代にも通じる社会不安、いわば、偏見・スティグマに逃げ込む人の姿が見て取れる。今回の「コロナ」は、新しいウイルスの仕業ではあるが、今、日本各地に不安が暗い雲のように重くかぶさっている。

6月4日

夕刻、臨時ニュースがあり、拉致問題の横田滋さんが死去されたようである。享年87歳。老衰状態であったが、さぞかし残念であったろうと思う。思うに、世にけしからんと思うことも多いが、この拉致などはその最たるものではなかろうか。人の国に無断で入り、幼弱な子女を連れ去り、自国の便に供する、言語道断言葉もない。神の采配はないのか。神はこの事態ですら、より高い境地の祈りを求めるのであろうか。

「アジサイ、紫陽花」は、日本原産である。万葉集にすでに記載あり。巷間に名を成したのは、花の美しさを紹介したかのドイツ人シーボルトである。1823年、自国で、12種の図版を詳述した。「Hydrangea Otakusa ヒドランゲア・オタクさ」と学名を付けた。なんとオタクさは、自分の妻、日本人の楠本滝の愛称である。主として、フランスで珍重されてきた。日本では、紫陽花寺があちこちに知られている。我が家にも、いやに大きくなった紫陽花が庭にでんと居座っている。今、咲き誇る寸前。

「八八歳　歳時記」の最後に差し掛かったので、世紀の出来事となったコロナ学を纏めておきたい。（川崎医大微生物齊藤峰輝教授による）

①ウイルスは生物と簡単にはいえない。他の生物に取り付いて自分の遺伝やたんぱく質をコピーし増殖する。

②このコロナは表面に王冠（ギリシャ語でコロナ）に似た突起がある。今まで毎年一定の風邪ひきがあるが、4種類のコロナウイルスが原因である。ほとんど軽症である。02年に、SARS、12年に、MERSが、動物からひとに感染した。今回のコロナは後者に似ている。

③ウイルスに乗っ取られた細胞は生産工場を奪われ、ストレス状態となる。呼吸器にある多数の細胞を奪われてしまう。老年には、これに対抗する免疫応答が弱く重症化する。

④大きさは、普通の細胞より小さく、約100分の1。マスクは感染者が唾液や痰を飛び散らさないためが基本。その効用性は認められている。

⑤アルコールはウイルスの幕を溶かす。今回のコロナウイルスの寿命はインフルエンザよりも長いが、よくわかっていない。

⑥感染は飛沫による。換気の悪い密閉空間が危険である。このウイルスは突起の部分から侵入する。内部で自ら分解し、自分の遺伝子を大量にコピーしていく。
⑦ワクチンは、あらかじめウイルスの情報を体の免疫システムに伝え、ウイルス侵入をブロックする抗体をつくる。毒性を弱めた生きたウイルスを接種する「生ワクチン」、化学処理した「不活化ワクチン」があり、世界を挙げてその生産が急がれている。
⑧免疫を獲得した人が、集団に多数の免疫をもたらす。感染の拡大が抑えられていく。集団免疫がえられれば、大規模な流行は抑制され、症状の軽症化がおこる。感染しても無症状の人が多ければ、完全な封じ込めは難しくなる。新しい風邪仲間として付き合っていく、こういう方向性も思考されている。

この項の補遺。コロナの予防は、マスクに尽きるようである。その効果を疑問視したり、どこかの大統領、ブラジルだったが、マスクなど必要なし、コロナは風邪のようなものだと言った。こういう大統領を持つ国民も不幸である。アメリカのような国でも、当初、トランプ氏はつけていなかった。馬鹿にしたような態度だったたと思う。最近つけだしている。それはそれとして、我が俳句道。この〝マスク〟が季語であったのを知らなかった。子供のころから、冬、マスクの着用は普通のことであった。温かいし、安心感が得られ、何ら疑問なく使っていたから、ことコロナに至っても違和感などはない。ただ、季語になっているのは知らなかったということ。大正初期のスペイン風邪の流行頃から普及したものと書かれている。風邪は冬がおおいので、冬の季語となったらしい。季節に関係なくマスクをするのは実際だが、俳句では、真夏になっても流行るコロナ禍に使用するマスクは季語という観点からはどうなるのか。私の習作はこうなった。

〈知る人の目に探るマスクかな〉
〈知る人の一難隠すマスクかな〉
〈知る人の鼻根うるわしマスクかな〉

6月7日

いつものように今日も明けた。88歳＋1。この「米寿の記」からも卒業となった。もともと、〃米寿〃は、数え年で言い、すでにほぼ2年前に、県医師会からお祝いの杯などをもらっている。この「米寿の記」は、今日をもって頁を閉じる。

昨年の今日は、何ということもなかった。翻っていま、昨年の今日の感慨を覚えていないが、夢にも、この「コロナ禍」など、思いもしなかった。ついに、東京オリンピックまで延期させるほどの猛威である。来年すら危ぶまれている。わが生涯のビッグ3にはいるかもしれない。一は、「被爆体験」、そして、二は、「コロナ」になる。88年というと、ほぼ100年に近くなる。包含する出来事がほぼ入る年数となる。私の専門にしてきた「脳波学」の祖、かのハンス・ベルガーが人の脳波をみつけたのは1925年である。ビッグな故事来歴が自分の人生の中にいろいろはめ込まれてくるようで、つい特別視してしまうようになった。悠久の史からすれば、しかし、それも泡のようなものであろう。

〈わが俳句考〉自分の俳句がどうこう言えるものではない。自分流に、なにか一年近くやってみた。歳時記と言えば俳句であるし、88歳の初挑戦もまた格別と気負ったわけであった。自分の拙句の羅列はもう控えることにする。この文の最後に、例の、森まゆみ氏『子規の音』最終部分の、その〝音〟についての文言をここに書いて、わが句考としてみたい。

（……）七月十二日夜八時より九時までに聞こえた音を書き留めていく。（……）台所では水瓶の水を更うる音、茶碗、皿を洗う音ようやく止んで、南側の（……）釣瓶の音まだやまぬ。（……）子供の鼠花火、音絶えて、（……）子供二人で唱歌を謳うて居る。はては板の間で足拍子取りながら、謳うて居る。南の家で、赤子が泣く。（……）汽車は衆声を圧して轟々と通りすぎた。（……）上野の森に今まで鳴いて居た梟ははたと啼き絶えた。

「夏の夜の音」（明治32年『ホトトギス』）

この森まゆみさんの『子規の音』は、「波」2014年、から2016年三月号連載分に大幅に加筆修正されたものである。この書に、子規の偉大さはさることながら、東京下町きっての「根岸」界隈のいきいきの風物詩を読んだ。そして、いまさらながら、俳句の写実という極意を学んだ。今、更に思いだしている。昭和26年から30年まで、私は、東大独文科にあり、本郷に通った。当時、根岸は近く遠かった。根岸を知らなかったというほうがよい。東北・上越に走る、「うぐいすだに」で下車すればよいのだろうか。本郷西片町から、東京芸大、北側に谷中霊園をみて、寛永寺、そして鉄道を越えて「根岸」と、いうことだろう。もう間に合わないだろうが、「谷中・根津・千駄木」を訪ねてみたい。

根岸の「根」は、波の寄せるところ、「岸」も同じ。縄文海進の頃は、上野の山は地上であったが、それより下町方面はすべて海であった。根津も同じく、「波の寄る岸辺」という意味であると、作者森まゆみ氏が付言している。

最後のまた最後になるが、もう一つ、付け加えたい。ドイツに長年滞在し、すでに、日本語とドイツ、ドイツ語を共有している、作家多和田葉子の『百年の散歩』を最近読んだ。少々関連あり。引用し私見を添えてこの記を終えたい。この日記の中に、彼女の〝長文〟について。ドイツ語の特徴でもある長文と関連ありと思うので付言したい。この長文が、この『百年の散歩』に奇しくも見られ、かつ重要な個所のように思える。長くなるが引用する。

「……町はわたしの脳味噌の中そっくりで、店の看板に書かれた言葉が連想の波をたえず引き起こし、おしゃべり好きの通行人のペラペラがオペラになり、旅人たちが博物館の床に外国語をばらまき、医師に刻まれた戦争が警告を発し続け、地下鉄の中では酔っ払いが選挙演説を行い、喫茶店の隣の席ではストーリー不明の芝居が常に演じられ、お茶やケーキがそれらしい名前をあたえられて次々口に入り、胃腸の中で消化され、財布からレジへ、会社から銀行へとお金が移動し続け、人々は足し算ができないまま、確実に年をとっていく。（……）」（新潮文庫　頁271―272）。

この長文は、作家自体の意図する表現の形だろうと思う。文学的な表出なのであろう。この書の全体もそうだが、作家自身、なお現在も、ドイツ、ドイツ語と自分の戦いの中におられるように思う。精神医学的に、やや余計な付言をすると、この『散歩』は、終始、〝観念の奔逸〟といって、興奮・気分の高揚の際に認められるものに似ている。まーそういう分析は彼女には不要だろう。ただ、〝喫茶店〟が、〝奇異茶店〟のようなダジャレが頻発するので、心内なお言語との葛藤が、作家の中に脈打っているのであろうと思った。自分の中で、なお昇華されていないドイツ文学、ヘッセ研究があり、その関連を未完成の歳時記として付記したい。

●著者プロフィル

細川　清（ほそかわ・きよし）

1931年広島県東城町生まれ。広島市の私立修道高校卒業。1955年東京大学独文学科卒業後、岡山大学医学部卒業。精神・神経医学を専攻。臨床脳波学をライフワークとする。1968年より2年半、アメリカ・ウィスコンシン大学に留学。岡山大学医学部助教授を経て、1983年初代香川医科大学精神科教授、1991－97年同大学付属病院長・副学長を務め退官。

米寿、そして

2021年4月20日　発行

著者　細川　清

発行　吉備人出版

〒700-0823 岡山市北区丸の内2丁目11-22
電話 086-235-3456　ファクス 086-234-3210
ウェブサイト www.kibito.co.jp
メール books@kibito.co.jp

印刷　株式会社三門印刷所

製本　株式会社岡山みどり製本

ISBN978-4-86069-642-9　C0095